Eine Begegnung auf Madeira

AF238616

Karin Irshaid, geboren in Bayern, Studium: Malerei, Grafik und Kunstgeschichte in Münster. Verschiedene Lehrtätigkeiten und freiberuflich in Münster und Bielefeld, heute in Feldafing nahe München.

Die Deutsche Nationalbibliothek verzeichnet diese Publikation in der Deutschen Nationalbibliografie; detaillierte bibliografische Daten sind im Internet über http://www.d-nb.de/ abrufbar.

Umschlagzeichnung: Karin Irshaid, Feldafing
Umschlaggestaltung: SpieszDesign, Neu-Ulm
Illustration der Liebesblume: Henriette Rintelen, Velbert
Typografie: Kadja Gericke, Arnstorf
Druck und Bindung: Vereinigte Druckereibetriebe
Laupp & Göbel GmbH, Gomaringen
© 2016 Kiener Verlag, München
Alle Rechte vorbehalten. Printed in Germany.
ISBN 978-3-943324-89-1

www.kiener-verlag.de

Karin Irshaid

Eine Begegnung auf Madeira

Erzählung

KIENER
München 2016

Links gehen, rechts stehen, dazwischen drückt sich eine dichte Schlange Menschen, Menschen bleiben stehen, man wird abgefertigt, Koffer, Taschen werden kontrolliert, man reiht sich ein und wartet. Passkontrolle. Der Tag ist heiß. Es ist Mittag. Alle schwitzen.

Es ist Zeit für Augenblicke.

Reisende betrachten sich nicht ungern, lassen Reisende vorüberziehen und winken nur mit Blicken. Strapazen reizen, machen solidarisch, klammern ein, und längst glaube ich, dass viele Reisende nur reisen, um Reisende zu sein.

Da ist es wichtig, wie die Koffer wirken. Da ist es wichtig, wie man Taschen packt und trägt, dass Zeitungsspitzen blitzen und die Neugier nicht zu deutlich im Gesicht steht, vielmehr man kennt sich aus und alles schon mal da gewesen.

Die Blicke schlendern, fangen ein, gleiten durch die Menge. Man sieht die Eiligen, die Wartenden, man geht vorbei und ist doch mittendrin.

Ziffern zeigen den Weg, und aus der Reihe der Laufenden biegen wieder Laufende ab und verschwinden hinter Türen zu den Abflugräumen.

Ferienreisende werden extra sortiert. In Erwartung der Sonne, der sie entgegenfliegen, haben sie die tristen Kleider mit einer gleichmäßigen Buntheit vertauscht. In nebeneinanderliegenden gläsernen Räumen sitzen sie in kleinen Gruppen zusammen und strömen den Duft der Urlaubsreisenden aus.

Wir werden eingewiesen und betreten einen Sammelraum, in dem nicht nur Ferienreisende warten. Bänke schließen sich um eine Säule und sind besetzt von Reisenden, die wahrscheinlich nicht wiederkehren werden. Andere Koffer, Kisten, Pappkartons, in Plastik Verschnürtes stehen im Weg. Bilder zwischen all den Müßiggängern, die Blicke auf ein anderes Reisen lenken.

Die Farbigkeit verblasst, und wir stehen neben Schwarzverschleierten, Frauen, die ihre Tücher haarbedeckend glatt über ihre Stirn mit rechtwinkligen Falten an den Schläfen fest unter dem Kinn verschnüren und deren Jeans fast bunt unter dem Tschador herausschauen. Kleine Kinder, im Hüpfen unterbrochen, werden plötzlich an die Hand genommen und herbeigezogen, bis sie schiefschultrig am langen Arm neben ihren Müttern, Schwestern oder Tanten zappeln.

Die Frauen versammeln sich, hocken in Gruppen beieinander. Einige weinen in die dunklen Tücher hinein, die die Gesichter fast verbergen. Sie helfen sich gegenseitig das Tuch zu entfalten, und sammeln nun auch die kleinen Mädchen ein, um sie anders zu bekleiden.

Und kaum hat die Verwandlung stattgefunden, stoppt die Bewegung bei den Kleinen wie ein soeben abgebrochenes

Spiel. Nun sitzen sie neben den Frauen auf den Bänken, schauen zu, wie sie ihre Hände gegen die Schläfen drücken, den Kopf mit geschlossenen Augen heben, die Stirn hochziehen, bis die Oberlider sich zitternd von den Unterlidern heben, sodass nur noch das Weiß der Augen sichtbar wird und wie beim Vorbeugen des Oberkörpers ihre Hände auf die Knie fallen, das Gesicht sich mit einem Ausseufzen neigt, die Hände mehrfach auf die Schenkel schlagen und Worte geflüstert werden. Die kleinen Mädchen dazwischen haben ihren Blick verloren. Sie kuscheln sich an diese Frauen wie in ein Nest, und als würden sie gewiegt, bewegen sie ihre Schultern und fangen ihren Rhythmus auf.

Die Männer sind beisammen.

Die Männer sitzen, stehen oder laufen hin und her. Sie haben dunkle Anzüge an. Wahrscheinlich werden die Hosen bei den älteren von strammen Trägern gehalten, sodass die Socken in den Schuhen sichtbar werden. Unter den Jacketts tragen sie enge, handgestrickte Westen, die manchmal einen runden Bauch umspannen. Die jungen Männer in ihren dunklen Anzügen haben keine handgestrickten Westen an, sie sind aus dem Stoff des Anzugs, und bei allen erkennt man steif gestärkte Hemden mit gemusterten Krawatten. Ihre Jackentaschen sind ausgebeult von Zeitungen, Papieren und Limonadendosen.

Die Männer, die sitzen, haben ihre Beine lang ausgestreckt. Die Köpfe zwischen den Schultern als hielten sie diese damit fest. Einige haben die Augen geschlossen, andere blicken stumm und sind in sich versunken. Viele trinken Cola.

Viele haben ernste Gesichter und gestikulieren mit Papieren in den Händen. Über ihnen steht Nervosität. Nur die kleinen Jungen spielen und toben zwischen all den Koffern, Pappkartons und Tüten. Sie lachen laut und jagen sich, fallen, weinen, stehen wieder auf, suchen und finden eine tröstende Hand und beginnen wieder von Neuem.

Ich gehe nur vorbei.

Ich bin Touristin und reise ohne Abschied. Ich werde sicher wiederkommen, denn mein Reise trägt die Rückkehr schon in sich.

Beim Betreten des Warteraums geht der Blick nach draußen auf ein altes Flugzeug, das verzierte kleine Fenster hat, wie man sie aus dem Orient von Moscheen oder Palästen kennt. Bald wird es die einsammeln, an denen ich vorüberging.

Ich suche einen Platz und schaue nicht mehr zu den Abschiednehmenden, setze mich, blicke in den Warteraum und betrachte die, die mit mir reisen werden.

Kaum jemand, der nicht auf diese Abschiedsszene schaut.

Unsere Maschine nach L. ist gelandet. Bis zum Abflug wird es nicht mehr lange dauern.

Es ist eine Stille in diesem Warteraum, die rauscht. Eine Stille, die eigentlich ein Schweigen ist, obwohl es ringsum lärmt und vielerlei Geräusche gibt.

Die meisten Leute sitzen stumm und blicken immer

wieder in die eine Richtung, in Gedanken vertieft. Einige lesen inzwischen, nicht ohne ab und zu den Kopf zu heben. Ein paar Worte nach rechts und links. Oder es wird etwas in den Reisetaschen gesucht, sortiert und hin und her gepackt.

Einige Reihen vor mir sitzt eine Frau mit dem Rücken zu mir, sie hat ihren linken Arm auf eine Reisetasche gestützt und sitzt seltsam starr, unbewegt wie hingesetzt.

Kinder laufen lärmend aus dem Warteraum von nebenan in unseren hinüber, stolpern über die Gepäckstücke, balgen sich, die Mütter rufen laut in ihrer singenden Sprache, rufen sie zurück und lassen sie in ihre Arme sinken.

Alle blicken wieder hin.

Mit einem langen Schwung, der von unten kommt, wendet sich nun auch die starre Frau und blickt über ihre hochgezogene Schulter. Sie drückt dabei das Kinn merkwürdig nach oben, sodass der Kopf verdreht aussieht. So verdreht, wirkt sie fast ein wenig bucklig. Eine angespannte Bewegung der Frau, die zu den Abschiednehmenden blickt und dabei unentwegt vor sich hin spricht. Ihre dunklen Haare verdecken völlig die Stirn, umrahmen das Gesicht, als hätte auch sie ein Kopftuch auf. Die Augenbrauen sind dicht und nachdenklich zusammengedrückt, treffen sich über der kräftigen Nase, die Augen schmal und eng wie zwei spitze Winkel, während ihr Blick unruhig hin und herflattert, als habe sie Mühe zu sehen, als habe sie früher eine Brille getragen, weil die Augen vielleicht schielten. Ihr Mund bewegt sich unaufhörlich. Ich sehe niemanden, mit dem sie spricht.

Ich stehe auf und laufe ein wenig hin und her, ohne den Blick von der Frau zu lassen.

Da wendet sie sich wieder mit dem gleichen Schwung zurück, dreht erst sehr langsam den Kopf nach unten, bis sie ihn wieder hebt und nach vorn schaut. Ihr Rücken bleibt gebeugt, ist breit, rund, die Schultern hängen, sie schüttelt ihren Kopf.

Ihre Bluse ist aus weißem Stoff mit Ärmeln, die sich an den Schultern kräuseln, und mit Bändern, die über dem Ellenbogen gebunden sind. Ihr Rock ist grün mit einem bunten Blumenmuster. Sie trägt Söckchen in kräftigen Schuhen. Die Schleifen stehen wie Libellenflügel. Wie Falterbeine spreizen sich die Enden ab. Als habe man ihr beim Anziehen geholfen.

Sie konnte die Schleifen nicht binden und kicherte immerzu darüber.

Der Mann hat wunderschöne Lippen. Ober- und Unterlippe sind gleich voll, und sanft geschwungen liegen sie weich aufeinander und ruhig im Gesicht. Auch wenn sie in Bewegung sind, schließen sie sich, kaum haben sie einige Silben geformt, erneut, sodass man sie wieder in Ruhe betrachten kann. Eine Jungennase darüber, braune Augen hinter einer Brille. Er spricht zu der Frau. Sie sitzt immer noch wie hingesetzt in dieser vorgebeugten Haltung und redet mit schmal angedeuteten Gesten zu den Abschiednehmenden.

Er spricht zu ihr, stellt Gepäckstücke ab, zieht seine Jacke aus und legt sie über die blaue Reisetasche. Er setzt sich zu ihr auf den Nebenstuhl, lehnt sich zurück und schlägt die Beine übereinander. Er faltet eine Zeitung auf und schaut hinein.

Der Mann machte die Tür hinter sich zu und ging leise zur Garderobe, suchte in der Hosentasche nach der Garderobennummer, fand sie und legte sie auf den Tisch. Drinnen wurde noch gesungen. Er hörte die Stimme der Sopranistin und bekam Gänsehaut. Er spürte das Verlangen nach einem kühlen Pils und hatte den Wunsch, so schnell wie möglich dieses Haus zu verlassen.

Die Garderobenfrau unterbrach ihre Lektüre, sie erhob sich und schaute den Mann neugierig an.

Ist Ihnen nicht gut.

Doch, doch.

Sie wollen gehen.

Ja.

Ich hole den Mantel.

Eine Jacke bitte.

Ja, sofort.

Die Frau lief direkt auf die Garderobenreihen zu und verschwand dahinter. Er sah ab und zu ihre Hände zwischen den Stoffen und hörte, wie die einzelnen Teile auf den Stangen hin- und hergeschoben wurden. Aufgesteckte Nummern fielen ab und hinterließen auf dem Boden ein metallisches

Klirren, das für einige Sekunden den noch zu vernehmenden Gesang übertönte. Er blickte sich um, aber es war niemand da, den es hätte stören können.

Die eben noch suchende Garderobenfrau erschien nun in einem schwarzen, eng anliegenden Kleid, das vorn und auf dem Rücken von oben bis unten mit einer langen Knopfreihe zugeknöpft war. Eine kurze weiße Schürze ohne Bänder, fast wie ein Tortendeckchen, war unter der Brust und an den Hüften irgendwie festgesteckt. Ein Tüllhütchen auf dem Kopf, eher eine winzige Kappe. Der Mund war frisch rot angemalt. Sie hatte plötzlich eine dicke, runde Brille auf und schaute mit forschenden Augen umher. Auf der linken Hand balancierte sie ein ovales Silbertablett mit einem kühlen Pils. Die Flasche war beschlagen, aus der Öffnung quoll ein Krönchen Schaum und lief langsam über den Flaschenhals. Sie hob mit der rechten Hand die Flasche und goss geschickt das Pils in ein hohes Glas.

Ich habe manchmal keine Stimme mehr, weil ich im Kopf alles mitsinge. Verstehen Sie. Man verliert die Stimme, wenn man immer Stimmen hört.

Meine Jacke. Haben Sie meine Jacke nicht gefunden. Er schaute dabei auf das Pils. Die Garderobenfrau verzog das Gesicht.

Es sind alles nur Mäntel.

Ich hatte eine Jacke. Sie haben die Nummer.

Wie gesagt, es sind nur Mäntel, aber bitte, schauen Sie selbst. Folgen Sie mir.

Sie kam, öffnete eine Tür am Garderobentisch und machte

mit der rechten Hand eine einladende Geste. In der linken Hand hielt sie noch immer das Tablett mit dem Pils. Sie verschwand jetzt damit in dem Dunkel der Mantelreihen, und er hatte Mühe, ihr zu folgen.

Die verschiedenen Stoffe berührten seine Schultern. Es war ihm unangenehm, er versuchte, schneller zu gehen und landete in einem Raum, der wie eine Schaltzentrale wirkte. Lange Pulte mit Lichtreihen, Knöpfen und Hebeln, mit Tastaturen und Bildschirmen, auf denen die Bühne aus verschiedenen Perspektiven zu sehen war.

Er stöhnte.

Wir werden Ihren Mantel gleich finden.

Die Garderobenfrau hatte plötzlich eine dunkle, singende Stimme.

Es war nur eine Jacke.

Mit der linken Hand hielt sie das ovale Tablett, das Pils sah verlockend aus, die Blume schaute aus dem Glas, die Flasche restgefüllt, wirkte kühl. Mit der freien Hand drückte sie auf einen Knopf, und die Garderobenreihen fingen an, sich zu drehen.

Sie können sich einen Mantel aussuchen, die Nummern und Mäntel sind alle gleich.

Er wagte nicht noch einmal zu sagen, dass es eine Jacke war. Die Mäntel begannen zu kreisen und sahen wirklich alle gleich aus. Er konnte sich kaum vorstellen, dass alle Besucher gleiche Mäntel tragen sollten.

Sie sind gleich, greifen Sie zu.

Sie hatte jetzt ein Bein vor das andere gesetzt, sodass sie

verkreuzt aussahen, den rechten Arm hielt sie wie den linken, als habe sie auch dort ein Tablett zu tragen. Sie schaute auf die flache, leere Handfläche. Die Pose hatte etwas Starres. Er musste an ägyptische Bilder denken.

Ich würde lieber weitersuchen.

Die Pose löse sich auf.

Wenn Sie mir bitte folgen wollen. Eigentümer haben etwas Eigentümliches. Sie haben immer Angst, etwas zu verlieren.

Geschickt betätigte sie wieder mehrere Schalter, und eine Masse aus Licht tat sich vor ihnen auf.

Treten Sie ein, wir werden ein wenig Fahrstuhl fahren.

Durch die Wucht der Helligkeit geblendet, sah er nur noch das schwarzgeknöpfte Kleid und die Hand, die das verlockende Tablett trug.

Er folgte ihr ins Licht und befand sich nun in einem spitz zulaufenden Turm, der sich sofort in Bewegung setzte, nachdem er eingetreten war. Er konnte nicht ausmachen, ob er aufwärts oder abwärts fuhr. Er fuhr. Die Hitze des Lichts breitete sich über ihm aus. Er schwitzte und gleichzeitig spürte er die kühle Frische des gefüllten Glases auf dem Tablett. Er war immer noch nicht fähig, in der Helligkeit des Turms ihr Gesicht zu sehen. Es schien sich völlig aufzulösen.

Es machte ihn unsicher, dass sie seinen Durst wohl erriet, ihm aber das Glas nicht reichte. Sie hatte offenbar kein Gespür für die Not, in der er sich befand. Sein Mund war trocken, er war nicht in der Lage, die Lippen zu befeuchten, was er gern getan hätte.

Kaum hatte er sich entschlossen, sie um das Glas zu bitten,

als sie dort ankamen, wohin sie ihn führen wollte. Die Tür des Fahrstuhls öffnete sich. Sie trat hinaus, und er folgte ihr, noch von der Helligkeit geblendet, in das Dunkel eines Raums.

Er nahm zuerst nur die Geräusche wahr, die ihm vertraut waren und ihn wieder zu der Oper führten, der er zuvor entflohen war. Er befand sich im hinteren Teil der Bühne zwischen den Kulissen und sah rechts das halbverfallene Haus mit zwei Stockwerken, deren Ansicht zu den Zuschauern hin geöffnet war und den Blick freigab in ein ländliches Gasthaus. Eine rohe Treppe führte seitlich auf ein Bodenzimmer, in dem ein einzelnes Bett stand. Durch Büsche und Bäume im Hintergrund sah er einen Mann und eine Frau, die in schwieriger Umarmung auf dem Boden lagen und in dieser misslichen Lage ihr letztes gemeinsames Lied sangen.

Die Zuschauer klatschten, der Vorhang schloss sich, öffnete sich und schloss sich wieder. Alle liefen umher, gruppierten sich neu, einige Zuschauer standen bereits auf und gingen aus den Reihen auf den Ausgang zu.

Es ist der letzte Aufruf. Er nimmt das Bier und trinkt es mit einem langen Zug aus, nimmt seine Jacke von der Reisetasche und zieht sie sorgfältig an. Die Frau neben ihm zeigt auf die einzelnen Gepäckstücke, die er erfasst und über seine Schultern hängt, dann steht die Frau auf, und ich sehe sie zum ersten Mal stehen.

Sie ist groß und kräftig, der Rücken wölbt sich unter dem

kurzen Nacken. Sie greift mit einer Miene nach ihrer blauen Reisetasche, als wüsste sie schon vorher, wie schwer sie sein wird, und läuft dann hinter dem Mann her, indem sie sich einfach Schritt für Schritt nach vorn fallen lässt.

Ich fliege gern. Es hat sich so ergeben. Die Angst davor habe ich längst überwunden, und obwohl ich Türme noch immer meide, die Berge lieber aus der Ferne sehe und selbst auf kleinen Leitern schwanke, ist mir Fliegen äußerst angenehm.

Besonders gern fliege ich im Landeanflug über B. Am späten Nachmittag vielleicht, wenn die Sonne den Himmel in ein Rosarot, Orange oder Gelb gefärbt hat oder aber wenn die Luft vor Hitze flimmert, auch bei Nieselregen, nebelgrau, braun oder grünlich im kühlen Morgenrausch, in lichtgepunkteter Nacht, immer fliege ich gern über B. Ich gleite über die Dächer dieser Stadt und mache die Stadtteile aus mit ihren roten, grauen und grünen Dächern, mit ihren Schornsteinen und Lichtschächten, den Mietskasernen und Innenhöfen, mit den Hinterhäusern, den breiten Straßen, baumgesäumt, den alten Bürgerhäusern, den Gärten, Plätzen und Seen, waldumrahmt.

Manch ein Pilot zieht so tief, dass ich Fenster, Balkone und das Hin und Her in den Straßen sehen kann, und einen Augenblick lang habe ich das Gefühl, dass er auf einer dieser Straßen landen wird. Die Straßen verdichten sich, das Flugzeug wackelt, balanciert die letzten Meter in der Luft, die Straßen öffnen sich, und man landet auf dem Rollfeld und ist mittendrin.

Die Sicht ist klar auf dem Flug nach L. Landschaften wechseln und zeigen ihre Eigenart durch verschiedene Farben an. Aus dem Dunst der Städte, dem Grün der Wälder steigt das Grau des alten Faltengebirges und wechselt hinüber in sanftes Ocker einer anderen Klimazone. Gestreifte Felderreihen, als seien sie mit dem Lineal gezogen, kleine Orte wie Punktansammlungen, durch die Linien stechen, sich kreuzen und lange Striche ziehen. Ein Fluss glitzert, sieht träge aus, spreizt seine Arme ins Meer und schüttet dort gelbgraue Farbe aus, die das Meer an der Küste verteilt, einige Kilometer mit sich trägt, die Farbe verdünnt, bis nur noch Blau zu sehen ist.

Striche werden zu Straßen, einzelne Baumreihen, die weißen Häuser einer Stadt, und dann landen wir langsam in L. Die Maschine läuft aus, die Musik setzt leise ein, man hört die Klackgeräusche der Passagiere, die sich abschnallen, die einzelnen Gepäckstücke werden aus den Boxen gehoben, Mütter zupfen sich und ihre Kinder zurecht, die Türen werden geöffnet und der typische warme, würzige Duft südlicher Länder strömt jedem entgegen, der durch die Tür auf die Treppe tritt.

Im Bus, der uns zum Flughafengebäude bringt, sehe ich die Frau wieder.

Nicht weit mir gegenüber, hat sie die blaue Reisetasche zwischen ihre Beine geklemmt, steht breitbeinig da, den rechten Arm nach oben ausgestreckt, hält sie sich an einem der Griffe fest. Der linke Arm hängt herab und schlackert ein wenig während der Fahrt. Sie schaut nach unten. Die Haare sind nach vorn in die Stirn gefallen, berühren die buschigen Augenbrauen und bedecken beide Ohren.

Ich kann ihr Alter nicht schätzen.

Sie hebt den Kopf und schaut mit unruhigen Blicken auf die Mitfahrenden.

Für einen kurzen Moment sehen wir uns in die Augen, und mir ist, als sollte ich nicken. Dann wendet sie sich dem Mann zu, und ich höre ihre tiefe Stimme, die sagt, der Tag ist lang.

Dabei zieht sie wieder die Schultern seltsam hoch, dass der Rücken sich rundet und den Kopf nach unten drückt. Aus dem Mund kommt ein dumpfes Seufzen. Danach entspannt sich ihre Haltung. Der Mann schaut sie an, befeuchtet seine Lippen, bevor er zu ihr spricht, und sagt dann irgendetwas.

Zurück fuhren wir im Bus. Wir warteten immer eine Weile vorher, weil wir nie genau wussten, wann der Bus kommen würde, und keiner wollte ihn bei dieser Kälte in der Dunkelheit verpassen.

Gegen sechs waren wir restlos durchgefroren, jede Bewegung, jedes Zappeln dagegen war vergeblich. Die Kälte kroch nach innen, von den kalten Füßen kroch sie die Beine hoch und breitete sich über dem Po aus. Die Hände wurden in die Ärmel gezogen und zu Fäusten geballt. Mit den Schultern wärmten wir die Ohren. Die Nase stand wie ein roter Schnabel im Gesicht.

Am frühen Nachmittag waren wir zu Fuß gekommen. Wir bekamen das Geld für die Hin- und Rückfahrt, aber wir zogen es vor, den Hinweg zu laufen, um Geld übrig zu haben. Wir liefen die gerade Straße entlang bis zum Ende der Stadt, wo die Häuser aufhörten und es im Winter gruselig aussah. Dann ging es auf einer öden Landstraße weiter. Graue Felder, rechts und links. Man musste sich etwas erzählen, weil nichts Sehenswertes zu entdecken war.

Erst wenn man einen Huckel überwunden hatte, wurde ein kleiner Ort sichtbar. Ein stumpfer Turm, eine Handvoll Häuser. Näher kommend das Gasthaus und daneben die alte Mühle mit dem Weiher, unser Ziel. Und bald schon konnte man die Gestalten mit ihren bunten Mützen erkennen, die auf dem Eis herumflitzten.

Dann ging alles recht schnell.

Angekommen, wurden die Schlittschuhe untergeschraubt, oft mit Bindfäden oder Gummiringen von Weckgläsern vorn noch einmal extra befestigt. Danach glitten wir um eine kleine runde Insel, die in einer Ausbuchtung des Weihers lag und auf der eine prächtige Weide stand. Die herabhängenden Zweige konnte man mit etwas Geschick zum Schwungholen benutzen oder als Bremse, wobei man rechtzeitig loslassen musste, um nicht mit einem unschönen Ruck zurückzufliegen und hart auf dem Eis zu landen.

Es waren nur wenige, die den eleganten Schwung beherrschten. Die unzählige Male geübt hatten, um damit wenigstens die Hälfte der Insel zu umfahren. Dann fuhren sie wie Sieger über den Rest der Eisfläche und nahmen die bewundernden Blicke der anderen wie Beifall hin.

Es wurde schnell dunkel. Die Dämmerung legte sich über

die Wiesen, und auf dem Boden machte sich Schwärze breit. Bald sah man die Baumsilhouetten als sich reckende Riesen gegen den Himmel stehen. Man hörte nur noch das Kratzen der Schlittschuhe auf dem Eis und sah die Läufer wie Schatten, erst wenn sie ganz dicht vor einem waren. Das war die Zeit, bevor der Bus kam.

Wir kletterten die Böschung hoch, schraubten die Schlittschuhe ab und gingen mit dem gesparten Geld in der Tasche auf den Gasthof zu. Schwaches Licht aus den Fensterscheiben. Eine kleine Laterne beleuchtete die Treppe. Die Holztür zur Gaststube war mit Schnitzereien verziert, ließ sich nur mit aller Kraft öffnen und fiel hinter uns mit einem dampfenden Geräusch wieder zu. Danach standen wir im Halbrund eines Windfangs, der im Winter mit einem grünen Vorhang vom übrigen Schankraum abgetrennt war, damit die Kälte keinen Einlass fand. Schon hier nahmen wir das Stimmengewirr wahr, das Aufklatschen der Spielkarten am Stammtisch, das Klirren von Gläsern und Bestecken, wir rochen die Wärme, das Holz, die Zigarren, das Bier, den Kaffee und die Suppe.

War der Vorhang geteilt, traten wir ein. Geblendet standen wir im Licht und wussten nicht, wohin.

Es war immer voll.

Die Großen standen an der Theke, die Alten aus dem Dorf saßen an blanken Tischen, und wir Kinder wurden meist in eine Ecke gesetzt, an einen Tisch mit einer Wachstuchdecke, und bekamen für unser Geld Kakao.

Es wurde still, wenn die Frau wie eine Zauberin den Raum betrat. Und wie auf ein Zeichen hielten alle Bewegungen an. Hundert Jahre. Jedes Mal musste ich an Dornröschen denken. Auch die Zauberin hielt inne, schaute sich um, sie verwandelte den Raum und gab ihm Glanz. Gelbes Licht tanzte auf ihren Fingerspitzen, als sie sich auf uns zu bewegte. Mit jedem Schritt schien sie zu wachsen, während ihr Kind immer kleiner wurde und zwischen uns verschwand. Aber gleich einer Wölfin spürte sie es auf, zog das Kind vom Stuhl, nahm es an die Hand und schritt mit ihm zur Tür. Wir blickten beiden nach. Das Kind drehte sich um, verweilte noch bei uns mit seinen Blicken und tappte stolpernd an der Hand der Mutter hinaus. Es wäre gern mit uns im Bus gefahren, das konnten wir deutlich sehen.

Doch die Gangart der Mutter ließ nichts anderes zu. Draußen wartete die schwarze Limousine auf sie.

Und später war unser Bus wieder gerammelt voll.

Das Gedränge, das Geschiebe, die Geräusche wie auf einem Basar. Schalter, die ständig schließen, dann wieder öffnen, glitzernde Lampen, glitzerndes Licht von draußen. L. fängt Touristen auf, verstreut sie an die berühmten Strände und zu den Inseln dieses Landes, ist ein Zwischenlandeplatz für

Reisende nach Afrika und Asien, nach Süd- und Nordamerika.

Ich habe die Frau aus den Augen verloren.

Die Menschen aus den Bussen drängen sich in Reihen, scheren aus, laufen hin und her und suchen die Zugänge zu den Weiterflügen oder die Passkontrolle. Zwei Stewardessen rufen den Namen der Insel aus, zu der wir weiterfliegen wollen. Sie wechseln sich ab, diesen Namen in verschiedene Richtungen zu rufen und sprechen ihn mit eigentümlicher Fremdartigkeit aus. Schnell und kurz die Anfangssilbe, das Ende lang gezogen, mit einem Schwung ausklingend, als stünde dieser Ort zur Frage. Die beiden in ihren azurblauen Kostümen wirbeln durch die Menge, erheben ihre Arme und machen eindeutige Winkbewegungen, ihnen zu folgen. Aus der suchenden Menge bildet sich eine Reihe in Richtung der Winkenden. Bald hört man nur noch ihre Stimmen, folgt dem Rufen über Treppen, durch Gänge und Hallen. Wartende stehen im Weg, müssen umgangen werden, Menschen schieben sich dazwischen, die in andere Richtungen strömen und zerstören immer wieder die Reihe der Folgenden.

Wir sind mehrmals Treppen rauf- und runtergegangen und kommen in eine Halle, wo das Rufen der beiden Frauen verklingt. Lautsprecher sagen Flüge an, rufen Namen aus, dazwischen krächzt Musik. Menschen bilden Gruppen, setzen ihre Koffer ab, es sieht so aus, als seien sie unlösbar miteinander verbunden.

Über uns ein funkelndes Chromgestänge, ein Geflecht

von Lampen, in dem sich das Chaos vermehrt und widerspiegelt. An den Wänden Tafeln, Schilder, übergroße Glanzfotos. Jetzt hat jeder selbst zu bestimmen, wohin die Reise geht.

Obwohl der Aufenthalt in L. drei Stunden dauern sollte, ist die Zeit wie diese Hektik hier, sie hetzt voran. An einen Sprung ins Taxi ist gar nicht mehr zu denken. Draußen liegt die weiße Stadt, über ihre Hügel klettert eine Straßenbahn durch kleine Gassen und rattert über Plätze. Mein Gedanke, die Zeit darin zu verbringen, verfliegt, und nachdem wir am Schalter für unseren Weiterflug alles geregelt haben, denke ich nur noch an Kaffee und kühles Wasser.

Wir finden eine Kaffeebar. M. balanciert Kaffee, Wasser und zwei kleine Brandys auf einem kleinen Plastiktablett zu plüschigen roten Sesseln, in die wir versinken, die Beine lang ausstreckend.

Gedränge um uns herum. Alle trinken diese kleinen Brandys und tragen Tabletts voller Gläser hin und her. Neben uns lagert eine Gruppe junger Musiker mit ihren eingepackten Instrumenten. Einige liegen auf dem Boden, haben die Augen geschlossen, andere erzählen, reden, lachen, rauchen duftenden Tabak und trinken kleine Brandys.

Ihre Bewegungen sind weich und rhythmisch, als würden sie unentwegt Musik hören. Einige trommeln mit den Fingern oder mit der flachen Hand auf die Tischkante, die Knie, auf die Kästen ihrer Instrumente. Sie schnippen mit den Fingern, fangen mit den Füßen den Rhythmus der anderen auf und stecken auch die Träumenden an. Einer von ihnen steht auf. Er hat ein weites Hemd über einer einfachen Jogginghose an und ein buntes Wämschen, wie man sie von Folkloregruppen kennt. Sein Gang, als übe er eine Sportart aus. Die Knie knicken ein bei jedem Schritt, die linke Schulter dreht sich mit dem rechten Knie nach vorn, die Arme schwingen angewinkelt, die Ellenbogen kicken bei jedem Schritt die Hüften an, der Kopf tänzelt. Unter einer gestrickten Mütze wippen Locken. Sein Lachen ist voll Freude, als er mit einem neuen Tablett ankommt und uns einen Brandy reicht, der übrig geblieben ist.

Die Lampen aus dem Chromgeflecht über uns strahlen eine unerträgliche Hitze aus. Es ist Nachmittag. Sonne durchflutet die Halle, und die brennenden, wärmeverstreuenden Lampen sind völlig überflüssig.

Man greift unentwegt zum Wasser, löscht damit die Schärfe des Brandys oder greift zum Brandy, nachdem das Wasser fade geworden ist.

Die Sonne tanzt auf dem Fußboden, wirft Fleckenbilder an die Wand, züngelt durch die Menschenmenge. Man wird von stechenden Blitzen getroffen. Die Augen schließen sich schützend vor den grellen Bildern.

Ein Gong ertönte aus dem Chromgeflecht, über uns wurden einige Lampen mit einem Surrgeräusch nach unten ausgefahren. Ich schaute begeistert auf diese sonderbare Technik und wunderte mich, was sich Menschen immer wieder einfallen ließen. Niemand um mich herum schien es weiter zu erstaunen.

Einige Leute standen auf und fingen an, sich recht selbstverständlich zu entkleiden. Eine Frau, die eben noch zwischen uns und der Musikgruppe gesessen hatte und ständig mit einem kleinen, fipsigen Kind kämpfte, kramte nun in ihrer blauen Reisetasche, während das dürre Kind, inzwischen fast entblößt, auf dem Stuhl von einem Bein auf das andere hüpfte und dabei der Mutter auf die Schultern trommelte.

Die Lampen hatten inzwischen den Punkt erreicht, von dem es nicht mehr weiter abwärts ging, und erloschen.

Aus dem Boden unterhalb der Lampen kamen mit gleichmäßigem Tempo kreisrunde durchsichtige Acrylglasröhren, in deren Umfang bequem ein paar Menschen Platz gehabt hätten. Die Röhren bewegten sich lautlos nach oben, zielten direkt auf die ausgefahrenen Lampen und hielten erst an, als sie diese eingeschlossen hatten.

Kaum waren die Acrylglasröhren zum Stillstand gekommen, ergoss sich aus den Lampen ein kühler Wasserstrom, floss an den Wänden nach unten und schoss wieder fontänengleich aus einer Düse nach oben. Eine riesige Dusche von oben und unten, die mit ihren durchsichtigen Wänden aussah wie diese Saftanlagen, die man an Kirmesbuden oder an Imbissständen finden konnte und wo nie klar war, ob der Saft nach oben oder unten floss. Die entnervte Mutter hatte inzwischen das Kramen in der Tasche aufgegeben oder gefunden, was sie suchte. Sie stand nur noch im Unterrock da, den sie sich über den Kopf zog, wobei sie mit den Knien immer einige Knickse machte, und mit jedem Knicks ruckte der Unterrock tatsächlich ein wenig höher, bis sie es endlich geschafft hatte, ihn über die Schultern zu ziehen, und in einem rosa Schlüpfer dastand.

Der rosa Schlüpfer.

Längst war mir der Schlüpfername entfallen, hatte ich einfach nicht mehr an ihn gedacht, war der Schlüpfer selbst verschwunden, verdrängt von einer neuen Art mit neuen Namen, die die Verkäuferinnen jetzt benutzten. Die von »Höschen« sprachen, mit langem Bein, hüfthoch, taillennah, oder vom »Slip«, mit kecken Mustern, knapp nach Maß, noch knapper die kleine Tangaform. Dreieckseckchen, nur die Scham bedeckend oder auch nur fast, damit Lockenwölkchen sichtbar über Spitzenbänder quellen, ach, einfach zierlichste Ziehbändchen, die sich einkneifen, hüfthoch gezogen werden und mit nichts Bein zeigten.

Aber ein Schlüpfer war um vieles mehr. Das war ein vollständiges Teil, in das man hineinschlüpfte, das wärmte und rundherum alles gut bedeckte und versteckte. Außen glänzend und innen angeraut mit einem ordentlichen Gummizug im Bündchen, mit einem Knöpfchen zum Verstellen, für alle Fälle, mit geraden Beine und, wie es sich gehörte, eine Handbreit unterm Zwickel. Was Solides eben. Etwas für immer.

Schlüpfer waren rosa. Nach der Wäsche baumelten sie draußen auf den Leinen im Wind angeklammert und glatt gezogen, nach dem Trocknen wurden sie geplättet und zusammengefaltet und in den Schrank gelegt zu all den anderen rosa Schlüpfern.

Und in so einem stand sie jetzt da.

Sie drückte ihn langsam an den Hüften abwärts, hielt ihn

mit beiden Händen ein wenig gespreizt und entstieg ihm, indem sie mit ihren Beinen eine Storchschrittbewegung machte.

Danach schnappte sie das fipsige Kind, das mit einem Gummiring spielte, wohl den, den die Mutter beim Suchen gefunden hatte, und so liefen sie ziemlich schnell direkt auf die Wassersäulen zu, vor denen inzwischen ein Durcheinander von Sichentkleidenden entstanden war. Die Mutter hatte Glück. Sie fand eine freie Wassersäule, öffnete die Glastür, und ich sah sie im Wasserschwall verschwinden. Das Wasser lief wabernd an den Wänden entlang und ließ einen klaren Einblick kaum zu, und doch war sie deutlich sichtbar, die rosa Haut der Frau. Sie versuchte, ihren zappelnden Fipsling zu halten, der sich aus ihren Händen befreien wollte, sich ihr entwand, um den Gummiring auf den von unten kommenden Wasserstrahl zu drücken. Mit einem leichten Schwung setzte er seinen kleinen Po darauf, und sofort wippte ihn der Wasserstrahl auf und ab. Die Mutter, durch das Vergnügen des Kindes beruhigt, streckte die Arme dem Wasser entgegen, und man sah die Bewegungen einer duschenden Frau, die sich befreit einseifte und alle Stellen ihres Körpers ausgiebig wusch.

Der Fipsling hüpfte auf dem von unten kommenden Wasserstrahl auf und ab und kam richtig in Schwung. Mit jedem Auf gewann er mehr an Höhe. Bald tanzte er auf dem Gipfel der schäumenden Wassersäule hoch über der Mutter, bis schließlich das Abwärts immer weniger wurde, und er in seinem Gummiring auf der Wasserspitze thronen blieb.

Nachdem die Waschungen der rosa Mutter beendet waren,

spürte sie das Fehlen des Fipslings. Unruhig blickte sie in der Duschröhre hin und her, tastete durch das Wasser, versuchte mit beiden Händen die Scheiben vom Wasser zu befreien, um hindurchzuschauen, was ihr aber wegen des ständig fließenden Stroms nicht gelang.

Sie bückte sich breitbeinig und kroch im Kreis über den Boden, reckte sich dann wieder empor und lief in der Röhre umher.

Es sah so aus, als führte sie ein eigenartiges Tänzchen auf. Dann verließ sie den Kreis.

Sie hatte plötzlich eine Brille auf, dick und rund, die bei ihrer Nacktheit merkwürdig aussah. Sie drängte sich durch die Wartenden, zum Teil noch Entkleideten und ging auf den Stuhl zu, auf dem ihre Wäsche lag.

Die Musikgruppe neben uns kümmerte sich überhaupt nicht um das Geschehen. Sie nahm nichts wahr und schien auch keinen Gefallen an den Wasserspielen zu haben. Es sah so aus, als hätten sie die Frau und die Wassersäulen nicht gesehen.

Beunruhigt über das Verhalten der rosa Mutter, fragte ich sie, wo sie ihren Fipsling gelassen habe. Sie habe nie einen Fipsling gehabt, erklärte sie.

Sie war beleidigt, das konnte ich sehen, weil ich ihr einen Fipsling zugetraut hatte. Sie zog sich schmollend an und warf mir von der Seite Blicke zu, sodass ich es nicht wagte, noch einmal davon zu beginnen.

Ich öffnete meine Augen.

Es ist heiß und feucht. Ich stehe schwankend auf.

Im Waschraum lasse ich kühles Wasser über meine Hände, über meine Unterarme laufen, lege die nassen Hände auf mein Gesicht, über meine Augen, was mir guttut.

Als ich mein Gesicht hebe und in den Spiegel schaue, sehe ich die Frau, wie sie gerade aus der Toilettentür tritt, ihre blaue Reisetasche auf einen Hocker neben mich stellt und in der Tasche herumsucht, bis sie ein kleines Kästchen gefunden hat. Mit einem Druck an der Seite öffnet sie es und holt eine Brille mit dicken Gläsern hervor, die sie sorgfältig putzt und danach mit beiden Händen vorsichtig auf die Nase setzt, wobei sie das Gesicht dicht vor den Spiegel beugt und sich in die Augen blickt.

Einen Augenblick lang habe ich das Gefühl, dass die Frau aus dem Spiegel tritt und mit sich eins wird, bis sie sich zurückbeugt, nach unten schaut und anfängt, die Hände einzuseifen, die sie mit kräftigen Bewegungen zum Schäumen bringt. Der weiße Schaum verfärbt sich langsam, wird gelblich, wird bräunlich und tropft ins Becken, wo er als dunkles Rinnsal im Abfluss verschwindet und an den Beckenrändern Spuren hinterlässt. Sie streift die Seife von den Händen, lässt noch einmal Wasser darüberlaufen und wiederholt die Waschbewegungen, formt mit den Händen kleine Mulden und schöpft damit Wasser, das sie über die braunen

Seifenstreifen im Becken gießt. Die Seifenspuren verschwinden, und sie steht jetzt mit nassen Händen unbeholfen da.

Die Toilettenfrau hat ebenfalls alles beobachtet und reicht ihr ein Papiertuch, das sie nimmt und das beim Trockenreiben anfängt, über dem Becken zu zerkrümeln.

Die Toilettenfrau gibt ihr mit Blicken zu verstehen, dass sie sieht, was sie angerichtet hat. Die Frau wirft das zerkrümelte Papiertuch in den Abfalleimer neben sich, dreht das Wasser wieder auf, um die Krümel im Becken wegzuschwemmen, und steht erneut mit nassen Händen da.

Die Toilettenfrau reicht ihr ein zweites Papiertuch. Die Frau drückt nun die Hände vorsichtig gegen das Papier. Danach wirft sie es sorgsam in den Abfalleimer und schaut die noch feuchten Hände an. Sie lässt sie mit einer Pendelbewegung fallen und streift dabei wie zufällig am grünen Rock entlang.

Die ganze Zeit hat die Frau nur ihre Hände betrachtet, ohne aufzuschauen. Jetzt hebt sie den Blick, schaut noch einmal prüfend durch die Brillengläser in den Spiegel, durch die Brillengläser im Spiegel in ihre Spiegelaugen und kneift sie ein paarmal so kräftig zusammen, dass die Haut um die Augen eingekniffen wird. Dann strammt sie sie, indem sie die Stirn hochzieht und die Oberlippe so nach unten drückt, dass die Unterlippe darunter ganz verschwindet. Das Gesicht glättet sich wieder. Sie wendet sich um, legt das Brillenkästchen in die blaue Reisetasche zurück, nimmt sie auf und geht.

Sie geht stumm am Tisch mit dem Münzenteller der Toilettenfrau vorbei in die große Halle.

Die Toilettenfrau schimpft ärgerlich vor sich hin. Sie hat vergebens auf das Geräusch auf dem Münzenteller gewartet.

Sie hat sich Mühe gegeben.

Die Frau ist vorbeigegangen.

Ich taste mit den Händen meine dünne Jacke ab. Ich habe auch nichts, was Geräusche auf dem Teller hinterlassen könnte. Es ist mir peinlich. Auch ich werde beschimpft und fühle mich schuldig.

Als ich aus der Tür trete und durch die lange Halle gehe, höre ich den Aufruf zu unserem Flug. Es ist zu spät, um zurückzulaufen und noch ein paar Münzen auf den Teller zu legen.

Aber ich stelle mir vor, wie ich zurückeile, großzügig mit einem netten Blick die Münzen hörbar klirrend auf den Teller lege, wie die Toilettenfrau, über das Geräusch erstaunt, aufblickt, mich erkennt und dankend anerkennend nickt.

Mir ist verziehen.

Sie wusste es. Sie hat sich darauf verlassen, dass ich zurückkomme und sie belohne. Für alles.

Sie nimmt das Geld mit einer typischen Greifbewegung vom Teller und lässt es in ihre Schürzentasche gleiten, geht dann mit ihrem Lappen über den Teller, so wie sie über alles mit ihrem Lappen geht, kreisrund wird er abgewischt, so wie sie den ganzen Tag alles kreisrund abwischt.

Zack und zack und zack.

Dazwischen das Klirr der Münzen, zack, das Greifen, zack, der Kreis, zack. Dann werden die Münzen in der Tasche sortiert und einige auf den Teller zurückgelegt, damit jeder weiß, wofür der Teller dort steht.

Sicher kommt sie abends müde nach Hause, hat dann die Schürze sorgfältig gefaltet in ihre Tasche gelegt, die kleinen Münzen in einen Beutel gesteckt, der, selbst genäht, oben zugebunden wird, in einer Seitentasche verborgen ist. Vielleicht fährt sie mit der Straßenbahn in die Außenbezirke der Stadt, steigt in einen Bus, der sie noch weiter stadtauswärts bringt, und an irgendeiner Haltestelle, die so aussieht, als habe man sie in die Landschaft geschmissen, steigt sie aus und geht nun mindestens eine halbe Stunde zu Fuß.

Der Weg wird schrecklich sein. Nicht gepflastert. Jedes Mal, wenn ein Auto ihr entgegenkommt oder sie überholt, wird sie eingehüllt von braunem Staub, der erst nach Minuten den Blick freigibt auf recht armselige Hütten, für all die, die in der großen weißen Stadt keinen Platz gefunden haben, für die Gestrandeten aus den früheren Kolonien, für die Land- und Stadtflüchtlinge.

Die Häuschen sehen bestimmt so aus, wie sie überall aussehen. Diese Einzimmerhütten, die notdürftig für kurze Zeit und doch für ewig gebaut werden.

Erst mal ein Dach über dem Kopf. Ein Fenster, eine Tür. Die gesamte Familie zieht ein. Bald ist kein Platz mehr in dem Haus. Ein Räumchen wird nach hinten angebaut, vielleicht noch ein Vordach, ein Stall, ein kleiner Verschlag für Kaninchen und Kisten und Kästen. Ein Dach aus Latten für ein rostiges Auto, das irgendwann mal wieder fahren wird, und für all den Krempel, den man vielleicht noch gebrauchen könnte.

In alte Blechdosen füllt man die Erde vom Feld, pflanzt Kräuter ein, manchmal Blumen. Ein Gärtchen in Eimern.

Rankpflanzen ranken an Pfählen hoch, bedecken die schäbigen Mauern, gedeihen und geben dem Ganzen eine farbige Prächtigkeit. Vor diesen Mehrraumansammlungen liegt meist, sozusagen am Eingang dieser kleinen Stadt, die Autowerkstatt, besser, die Werkstatt für alles. Da ist die Erde schwarz, hart, ölig und fast wie geteert. Alte Zapfsäulen stehen vor einer schrägen Hütte. Autos, Teile davon, Kühlschrank- und Waschmaschinenchassis, Rohre, Fässer, Werkzeuge, Baumaterialien und alles, was für alles zu gebrauchen ist, findet man dort.

Bleiches Neonlicht, erste Geräusche, das Hämmern, Sägen, Klopfen und die Gerüche nach Diesel und Benzin.

Ist sie eingetreten in den Häuserkern, so wird das Hundegebell hinzukommen, das Lärmen der Kinder, und sie wird die voll aufgedrehten Lautsprecher aus den geöffneten Fenstern etappenweise mitbekommen. Wein, Soda, Aufgewärmtes, der scharfe Geruch gerösteter Kräuter in Öl wird ihr vertraut sein.

Antennen stechen in den dunklen Himmel, aus den geöffneten Türen und Fenstern kommt das Flackern der Fernseher.

Sie wird bekannt sein zwischen diesen Häusern. Sie wird begrüßt werden, und jeder weiß, woher sie am späten Abend kommt. Mit dieser alten Tasche in der Hand, in der das Säckchen liegt mit den Münzen, geht sie einer Füchsin gleich auf Nahrungssuche. Sicherlich schaut sie noch in den kleinen Supermarkt rein, in dem sie auf wenigen Quadratmetern alles bekommt, was sie zum Leben braucht.

Durch Plastikschnüre tritt sie in das grünliche Licht des Raumes. Links in den oberen Regalen findet sie die Konservendosen und Gläser, darunter Mehl, Zucker, Salztüten, Kaffee in Kartons, Teebeutel, Biskuits in Dosen, Packungen und Tüten, verschiedene Kekse, Bonbons im Glas und die üblichen Süßigkeiten, etwa fingerlang, schokoladenüberzogen, mit amerikanischen Namen, die überall zu sehen sind. Ebenso die Limonadendosen und das Dosenbier im Regal aufgetürmt über der Tür, die nach hinten führt. Daneben dieser alte runde Boschkühlschrank, der, ansichtskartengeschmückt, mit einem Schnappverschluss geöffnet wird für Milch, Schafskäse, Fett, Margarine und die kühlen Getränke zum Soforttrinken. Links auf der Erde die Säcke mit Linsen, Bohnen, Kichererbsen, Reis, weiter zum Eingang fast in der Ecke, die Kisten mit den Kartoffeln, Zwiebeln, ein paar Früchten, Tomaten, davor eine alte Waage mit den Gewichten. Rechts die Toilettenartikel, Seifen in vielen Farben, Windeln und Waschpulver. Bei der Eingangstür liegt das Kinderspielzeug aus Plastik, da kommt kaum ein Kind daran vorbei, ohne einen Wunsch zu äußern. Dahinter Plastikhaushaltswaren, Metalltöpfe, Geschirr, ein bisschen Nippes.

Auf dem Tresen ein Fliegenschrank mit Gebäck, bunt, klebrig und sicher sehr süß. Darüber hängen harte Würste, lang und dünn, mit einer weißlichen Pelle.

Neben dem Fliegenschrank auf dem Tresen gibt es

verschiedene Gefäße mit eingelegten Oliven, und unter einem Glas liegen runde Käse, in buntes Papier verpackt.

Eigentlich ist der Tresen ein Tisch. Ist nur Tresen, weil bunte Kalenderbilder ihn umschließen, sodass er groß und breit im Raum steht, wie ein richtiger Tresen. Darunter passen Kanister mit Öl zum Abfüllen, davor auf einem Hocker steht ein geflochtener Korb mit Brot.

Davon wird die Toilettenfrau etwas kaufen müssen. Brot braucht sie täglich. Sie kauft Brot.

Sie unterhält sich mit der Frau, die ihr das Brot verkauft, erzählt, wie es heute war. Sie hat immer was zu erzählen. Sie kommt mit vielen Menschen zusammen, sie kennt sich aus mit den Fremden aus den reichen Ländern, den fleißig Reisenden. Sie weiß, wer gibt, wer Geber ist oder einfach nur nimmt, die Nehmer, die nicht geben und nur vorbeigehen. Die Geher also. Es sind immer Geher dabei, die am Teller vorbeigehen, die nicht wissen, dass sie abends Brot kaufen muss und noch etwas anderes möchte, dass sie abends erwartet wird, dort, wo der Fernseher schon dröhnt und der Mann müde auf dem Sofa liegt und wartet und der Sohn auf dem Mofa vor der Haustür sitzt und sie mit der geöffneten Hand empfängt. Gib. Und natürlich gibt sie.

Sie gibt.

Auch der Tochter gibt sie, die schnell noch ein paar Häuser weiter rennen wird, um sich die »Burda« zu kaufen und vielleicht ein Stückchen Stoff dazu für irgendeinen neuen Fummel. Und die zwei Kleinen, die dasitzen und warten und endlich von der Mama Essen haben wollen. Denn es passiert sonst gar nichts, wenn sie nicht immer und immer wieder dafür sorgt, dass es in dem kleinen Beutel klingelt.

Für ihre Müdigkeit ist gar kein Platz mehr. Nun erfüllt sie nur noch die Wünsche ihrer Familie. Kocht, isst ein wenig zwischendurch, erzählt, räumt, wäscht, läuft nach nebenan und rückt die alten Eltern zurecht, spricht ein paar Worte mit der zänkischen Schwägerin und sitzt danach allein zu Hause, weil alle anderen schon schlafen, und wartet auf den Sohn, der mal wieder nicht nach Hause kommt.

Sie wartet.

Sie kann nicht schlafen, bis sie alle im Bett und in Sicherheit weiß. Sie stickt noch ein wenig. Sie drückt Löcher mit einem kleinen spitzen Hölzchen in den Stoff, und den Rand des Lochs umsäumt sie mit einem besonderen Stich.

Sie horcht.

Ihre Ohren sind Lauscher in der Nacht. Sie wartet bis zum Ende der Nacht, bis für sie nur noch ein winziger Schlafstreifen übrig bleibt, in den sie sich wickelt und der am Morgen aufgerollt verschwindet, um wieder loszulaufen zum Bus, zur Straßenbahn, in die große Halle an ihren Arbeitsplatz.

Dann steht sie in der Tür, hat die Arme unter der Brust gekreuzt, hält in der linken Hand den Lappen und schaut durch die Halle hinüber zu den Reisenden, die sich langsam wieder sammeln und fertig machen nach dem letzten Aufruf für den letzten Flug an diesem Tag nach M.

Die hitzige Wartezeit in der Halle, die Brandys, der lange Reisetag machen sich bemerkbar. Auf dem Flug nach M. gerate ich in einen eigenartigen Schwebezustand.

Während die freundlichen Stewardessen ihrem Job nachgehen und sich durch die Enge des Ganges mit ihren klappernden Wägelchen mühen, tanzt es in meinem Kopf wie ein Teller auf der Spitze des Stabs eines Jongleurs.

Unter uns tausendfußbreites Meer, ein nahtloses Tuch, schillernder Taft, der gewellt ausgebreitet ein leises Lächeln bewirkt. Ringsherum flitzen Wolken im Wind, verblassen ihr Weiß oder flecken das Meer mit Schatten.

Plötzlich ein verzauberter Himmel und die langsame Verbeugung des Rots. Keine Felsen halten es auf. Es verglüht hinter der Linie des Meeres. Es steigt kein Rauch auf.

Ein kühner Berg wächst aus dem Flächenmeer, breitet sich gewaltsam aus vor dem rosaroten Horizont, ein riesiges Hindernis zwischen Himmel und Wasser. Die letzten Farben werden verschluckt, ehe es Nacht wird.

Wir nähern uns dem Berg, und die Dunkelheit bricht herein, als hätte jemand das Licht ausgeknipst. Schon sieht man die Straßen und Häuser dort unten als Punkte aufleuchten. Wir landen ruckartig und schnell auf der kurzen Landebahn, die wie eine Brücke ins Meer ragt.

Jetzt, da die Nacht über uns steht, sind die Reisenden ungeduldig. Sie haben ihr Tagesziel erreicht, schwärmen aus, suchen mit Blicken Wartende aus der Menge, winken, eilen und drängen mit ihren Gepäckstücken davon.

Da ist sie wieder.

Die Frau hat jetzt eine helle Jacke an. Ich sehe sie im Gedränge, wo sie ihre blaue Reisetasche absetzt und unbeholfen mit den Arme wedelt.

Eine Dastehende, in ihrer Bewegung unterbrochen, unfähig die Stellung zu ändern, die nur den Kopf hin- und herneigt, als wäre er körperlos und ihre starre Haltung ändert, indem sie tief einatmet und das Ausatmen mit einem Ruck nach vorn beginnt, sich bückt, die Tasche aufnimmt und über ihre Schultern hängt, um mit langen Schritten dem Mann nachzueilen, der rasch, ohne sie anzublicken, mit dem Gepäck zum Ausgang geht. Ich sehe beide in ein Taxi steigen. Ihre Gepäckstücke werden verstaut, die Türen geschlossen, und das Taxi fährt mit ihnen davon.

Die Insel ist felsig. Die hellen Lichter des Flughafens sind nach der ersten Kurve hinter dem Berg verschwunden.

Unser Taxi taucht in eine Finsternis, die nur von den blassen Scheinwerfern des Autos streifenweise erhellt wird.

Ab und zu fällt Licht aus den Fenstern eines Hauses am Wegrand, beleuchtet eine Treppe, einen Busch, einen Baum. Doch ehe noch der Blick das Gesehene näher erfassen kann, ändert sich die Richtung, verschwindet das erleuchtete Haus hinter einem Fels, und die Augen suchen neue Lichtpunkte in der Finsternis.

Die kleine, dünne Straße zieht sich über einen Hügel zur Hauptstadt hin. Schon ahnt man sie durch den gelben Widerschein des Lichts am Himmel und fährt dann über einen buckeligen Boden eine steile, kurvige Straße abwärts auf ein hüpfendes Lichterfeld zu.

Im Hafenviertel angekommen, verdichtet es sich noch einmal. Häuser, Autos, Menschen, Lichter. Eine Ordnung ist nicht erkennbar. Der Weg ändert sich, nachdem wir das Zentrum hinter uns gelassen haben, und steigt breit und blumengesäumt an. Das Taxi fährt in die Auffahrt des Hotels.

Die großen alten Bäume beeindrucken, die Fenster des Hauses aus einer anderen Zeit leuchten warm in der Dunkelheit.

Die Müdigkeit kommt wie die Nacht. Sie schiebt sich vor die Neugier, hält den Körper umschlungen, der sich langsam ausstreckt, und dann, mit der flachen Hand die Augen bedeckend, werden die letzten Bilder verwischt.

Sanfte Verbindung zu dem Rauschen der Bäume durch die geöffneten Fenster, die ihren Duft durch den nächtlichen Raum schicken, und dem Rauschen und dem Duft des Meeres in der Ferne.

Spätechos. Traumverborgenheiten.

Die abgebrochenen Sätze des Tages lassen auch in der Nacht abgebrochene Bilder zurück. Szenen, die aus all den Restfensterchen kommen und verschwommene Ansichten bilden.

Blick ich hinein oder hinaus, frage ich.

Sehe ich die Insel vor mir oder bin ich auf ihr, frage ich.

Am Morgen sind mir krause Worte auf den Lippen. Ich möchte etwas Bestimmtes sagen, das noch im Unbestimmten liegt.

Ich höre meinen Atem, als stünde ich neben mir, begleite mich sozusagen, bin Akteurin und Zuschauerin zugleich.

Der Raum ist hell. Der Vorhang segelt in den Raum hinein. Die Sonne malt luftige Bilder. Blau, grün. Blaugrün. Ein leichter Wind bewegt sie hin und her.

Am Fenster stehen und atmen.

Luft, ich atme tief die klare Luft ein und denke, dass in den letzten Jahren das Wort »Luft« voller Inhaltsangaben gewesen ist, sodass ich oft durch ein besonderes Sieb hätte atmen mögen.

Ich atme tief.

Auf einmal ist Kaffeegeruch im Zimmer, der sich mischt mit dem Geruch der Feuchtigkeit, die aus dem dichten, baumbestandenen Park und der tief abfallenden Schlucht neben dem Hotel aufsteigt. Dazu ein zartes Klappern von Geschirr, nicht störend, nur so, dass man unwillkürlich angeregt wird, an Frühstück zu denken. Wir verlassen das Zimmer.

Überall gibt es Sonnenecken in diesem Haus. Schattenmuster entstehen und tanzen die Treppe hinab. Über das Klavier in dem Raum, den wir zur Terrasse durchqueren, blitzen Schlangenzungen vor und zurück. Ich möchte darüberspringen wie über einen Bach.

Eine Mutter spielte Chopin.

Dieses Zuhörenmüssen war es gewesen, was mich immer gereizt hatte. Wir waren ausgesetzt diesem Lobeslächeln, das uns schon an der Tür empfing, uns den ganzen Nachmittag begleitete, sich im Raum verbreitete wie ein Geruch.

Jedes Mal wurde ich zu den anderen Töchtern, die alle verlegen artig lächelten, neben das Klavier gestellt.

Vier eifrig nickende Mütter, die erst am runden Tisch schwatzten, dann an uns Kuchen verteilten und dabei über uns sprachen, als wären wir nicht dabei. Unglaubwürdig, sogar lächerlich kam mir vor, was die vier Frauen über uns fünf Kinder erzählten, als wären wir Beiwerk oder eine Zierde, dann wieder eine unerträgliche Last in dieser Zeit.

Wir Kinder bekamen die Last der Mütter auch an diesem Tag zu spüren, wie an den Tagen zuvor. Manchmal dauerte die Last auf beiden Seiten wochenlang. Fünf kleine Mädchen lernten, sich sittsam zu benehmen, wurden bei jeder Gelegenheit mit Worten bedacht, mit Sprüchen fürs Leben eingedeckt, und frische Ermahnungen begleiteten ihre Tage.

Heimlich übte ich vor dem Spiegel einen bösen Blick, um damit alle zum Schweigen zu bringen.

Knickse, mein Kind.

Nichts ist so reizend wie ein anmutiger Knicks.

Sag dein Gedicht noch einmal auf, sag es am Abend noch einmal auf, leg das Buch unters Kissen und schlaf schön drauf, dann wirst du nichts vergessen.

Hast du das Flötenspiel geübt.

Sing. Ja, so ist's schön. Sing.

Die Mutter nähte. Das Kleidchen musste fertig sein. Alle Kinder glänzten an diesem Tag für ihre Mütter.

Mutterstolz.

Wie schön dein rotes Kleid, mein Kind.

Es ist aus einer Fahne.

Kind, was sagst du da. Schweig.

Sie hatte die Fahne aus dem Keller geholt, so ein schönes Stück Stoff sollte nicht länger verborgen sein. Ein Kräuselrock, Spitze am Saum, Pomponärmel und alles mit der Hand. Meine Mutter war erfinderisch, und ich war stolz auf meine Fahne.

Der Kuchen war aufgegessen. Die Kinder standen wie aufgefädelt neben dem Klavier.

Die eine Mutter spielte wieder Chopin.

Die anderen Mütter saßen im Sessel, schauten und lauschten.

Sie kann gar nicht spielen, sagte meine Mutter jedes Mal hinterher zu mir, was mich freute und wunderte zugleich, denn ich sah sie immer lächeln, während sie lauschte.

Die fremde Frau lauschte auch.

Die fremde Frau war zum ersten Mal mit ihrem Kind dabei. Steif stand es neben ihr. Die fremde Frau war viel zu schön für eine Mutter. Und als sie aufstand, neben das Klavier trat und dazu sang, füllte die Stimme den Raum, das Haus, die ganze Welt, und ihr Kind stand glühend daneben.

Die anderen Mütter wischten sich immer wieder die Augen. Immer wieder.

Eine kleine verflüsterte Pause, danach wieder die Chopinspielerin, die Flöten, die Texte.

Die Kinder zierten sich, knicksten leicht. Begannen immer von Neuem, Satzanfänge zu wiederholen. Die Mütter waren erregt. Herzklopfen übertönte die Gedichte, die einzeln vorgetragen wurden. Das Herz hämmerte über den Beifall der Mütter hinaus, die wie Siegerinnen posierten und uns anspornten zu weiteren Huldigungen.

Dar rote Kleid des Kindes.

Das Rot leuchtete in den Raum und stand dem Kind bis über den Kopf hinaus.

Dann der geübte Blick auf die Klavierspielerin, die noch immer auf dem Hocker saß, bereit, auch weiterhin über die Tasten zu jagen.

Ein Gleiches

Der Knicks war tief. Der geübte Blick. Das ernste Gesicht.

Über allen Gipfeln ist Ruh

Das Kind blickte hinauf zu den Gardinenrüschen.

In allen Wipfeln spürest du

Es blickte auf die Hände, die auf den Tasten ruhten.

Kaum einen Hauch

Die Vögelein schweigen im Walde

Warte nur, balde

Es blickte der Klavierspielerin ins Gesicht.

Ruhest du auch

Es blickte auf die Schuhspitzen.

Der darauffolgende anmutige Knicks löste Schweigen aus. Eine Umwandlung der Töne hatte stattgefunden. Die Frau am Klavier brach in Tränen aus.

Die Mutter nahm das rot gekleidete Kind an die Hand und führte es behutsam hinaus.

Beim Verlassen der Wohnung löste sich das Kind, das zum

ersten Mal dabei gewesen war, von seiner schönen Mutter, stand an der Treppe und starrte mit schielenden, schillernden Augen durch eine dicke Brille das rot gekleidete Kind begeistert an. Die Arme baumelten aus den Schultern heraus und hingen leicht abgespreizt vom Körper herab. Dann lachte es den beiden mit seltsam tiefer Stimme hinterher und stieß dabei den Kopf vor und zurück.

Die schöne Frau stand weit hinter ihrem Kind im Raum und blickte uns nach.

Während des Nachhausewegs entspannte sich langsam der Handgriff der Mutter, und irgendwann lachte sie aus vollem Hals, und das Kind neben ihr hüpfte in dem roten Kleid wie ein flatterndes Fähnchen.

Es ist ein angenehmer Wind auf der überdachten Terrasse. Mehr ein Hauch, der vom Meer kommt, das durch die Bäume glitzert. Die alten Korbsessel, die Menschen darin, die Männer mit ihren langen, gestreiften Schürzen und den schaukelnden Tabletts, ein bewegtes Bild in einem goldenen Rahmen.

Wieder komme ich mir als Zuschauerin vor. Das ändert sich erst, als ich in das Bild steige, ebenfalls in einem Korbsessel sitze und an nichts anderes mehr denke als an duftenden Kaffee, heiße Milch und die Variationen, die ein Frühstück bieten kann.

Verschiedene Sprachen, verschiedene Stimmen mischen sich, Wort- und Satzecken werden zu einem Geräusch, und doch entsteht daraus ein typisches Morgengespräch. Wie war die Nacht, wie wird der Tag, das Wetter, das Essen, die Fahrt nach hierhin und dorthin. Lachen über irgendetwas. Wortwellen wehen über mich hinweg, mischen sich im Wind.

Ein Frühstück im Grünen.

Plötzlich das Gelb in dem Grün.

Ein schriller Fleck leuchtet aus dem milden Park, drückt sich näher kommend durch den engen Buschweg und ein wenig mühsam die Treppen hinauf.

Der Mann folgt dem Gelb.

Und als ich wieder aufblicke, sehe ich die Frau seitlich von mir in einem Korbsessel Platz nehmen.

Sie legt beide Unterarme nebeneinander auf den Tisch und lässt ihr ganzes Gewicht darauf fallen, sodass die Schultern hochgedrückt werden, bis sie fast die Ohren berühren. Der Rücken beult sich rund und drückt sich bucklig nach hinten, der gelbe Stoff wölbt sich wie ein Segel.

Der Mann ihr gegenüber sitzt zurückgelehnt, er hat seine Beine übereinandergeschlagen. Sie drückt ihre Knie eng aneinander, die Füße stehen etwas seitlich abgespreizt, sie trägt gelbe Söckchen und feste braune Sandalen. Er sagt ein paar Worte, ich höre ihre tiefe Stimme antworten.

Wir stehen auf.

Beim Weggehen schaue ich zu ihrem Tisch hinüber. Die Frau blickt zu mir, wieder mit dieser Drehung des Kopfes über die linke Schulter hinweg. Ihr Gesicht zeigt keine Regung.

Ihr Mund stand offen.

Das Kinn von der Schulter verdeckt.

Die oberen Zähne, als steckten sie im Stoff.

Jemand sprach zu ihr.

Sie blickte durch eine dicke Brille zu mir und lachte, dass es nur so klappte. Die anderen Schüler blickten stumm.

Jemand spricht zu mir. M. umfasst meine Schultern, und wir gehen durch die Stuhlreihen der Terrasse auf den Garten zu.

Ich stand am Fenster, wo ich allen zu Augen war. Wie kann man sich gegen Blicke wehren.

Abgerissen von allem.

In den Stuhlreihen saßen die Schüler und blickten stumm.

Abgerissene Worte.

Wo fangen die Fragen an.

Wohin gehört der Blick, den ich erblickte, die Bewegung, die ich sah.

Eine Vermessenheit zu denken, dass man irgendetwas

vergessen könne. Ich rufe Wahrnehmungen ab, verfolge erschrocken den Weg und sage, dass ich alles kenne, erkenne, Vorhänge aufziehend, um in all die hinteren Kämmerchen zu blicken. Die Konturen sind unscharf, bei ihrer Betrachtung fangen die Bilder zu schwimmen an und verlieren den Sinn.

Gedankenkrümmungen wie Lichtbrechungen am Tag.

Wie war noch mal die Frage?

Sie lachte immerzu.

Ruckartig.

Ich stand am Fenster, wo ich allen zu Augen war. Sie saß in der mittleren Reihe vor mir und drehte sich immer zu mir um. Sie sah mir mitten ins Gesicht. Dann drehte sie den Kopf langsam zurück, und ich sah nur noch ihre Schultern zucken.

So stand ich still, das rötliche Licht in meinem Gesicht, allen zu Augen.

Diese Bewegung ist es gewesen, diese Drehung des Kopfes über die linke Schulter, diese winzige Szene, diese Geste, dieser Augenblick aus einem Leben ist plötzlich da und schlägt ein zugeklapptes Album wieder auf.

Und während ich mich in die auftauchenden Bilder vertiefe, die ich noch nicht zu ordnen weiß, gehe ich mit M. durch kleine Gassen und schaue, wie die Vegetation aus allen

Mauerritzen quillt, auf die verschwenderische Fülle von kräftigen Farben, die aus dichtem trunkenem Grün zu explodieren scheint, fächelnde Palmen, die alles überragend ständig im Wind zu lächeln scheinen und jedem Ankömmling zuwinken. Eine heitere Geselligkeit in den Straßen, die die Menschen aufnehmen, weiterreichen und Platz anbieten auf den schattigen Plätzen, wo wirklich noch verweilt wird unter dem Silber der Eukalyptusbäume.

Frauen haben braune Stühle vor die Türen getragen, sitzen schwatzend in Grüppchen beisammen, halten ihre Stickarbeiten auf dem Schoß oder arbeiten daran mit anmutigen Bewegungen.

Die Männer verbergen ihre Wettergesichter hinter großen Zeitungen, reden dazu mit großen Gesten, blicken den Vorbeilaufenden nach.

Ein Zischen von Espressomaschinen über dem Platz, der kräftige Kaffeeduft zieht hinterher, zieht die Laufenden wie eine Einladung an, und bald sitzen auch wir auf den Plastikstühlen und trinken mit Genuss winzige Schlückchen, als würden wir sie einatmen.

Das Gelb sticht aus dem Bunt der Menschen. Mir ist, als breite es sich aus in meinem Kopf, in meinen Gedanken, es gehört nun schon zu meinem Sehen, ich hätte darauf schwören können, dass es kommt.

Da ist es wieder, das Bild ist da und geht vorbei.

Bisweilen bin ich tagesblind, wenn ich zu viel sehe. Schreckabschnitte machen mich taumeln und entziehen mir jeden Zusammenhang, lassen meinen Blick wie aus der Höhe eines spindeldürren Treppenhauses stürzen, dass es mich schwindlig überkommt.

Ein unbehagliches Gefühl. Wie aus dem Traum gefallen. Ist die Tür auf oder zu. Schwankende Bilder reißen mittendrin ab. Sie sind da und fliegen davon. Die Frau ist da und geht vorbei.

Ratlose Nächte am Tag, die wie Marmorschiffchen dahinschwimmen und zu guter Letzt die Zeit verfehlen.

Sie habe sie gesehen. Sie erinnere sich genau.

Sie sei ihr mehrere Male auf der Reise begegnet, und nun fange die Erinnerung an, sie regelrecht anzubrüllen.

Wetterleuchten, sagt M. und lächelt über das Erschrecken. Sie habe noch nie jemanden wiedererkannt. Schon am Tag danach habe sie Gesichter verloren und würden Namen auseinanderfallen.

Personen nehmen manchmal Gestalten an und täuschen eine Ähnlichkeit vor, als hätte man Langvergessene wiedergefunden, wie auf verblichenen Klassenfotos aus der Schulzeit, wo dir auch auf fremden Fotos alles bekannt vorkommt und du alle zu erkennen glaubst, wie sie aufgereiht dastehen mit ihren Zöpfen und Tollen, den Kleidern aus Resten und den bunten, kratzigen Pullovern aus aufgeribbelter und neu verstrickter Wolle.

Ich beuge mich über den Tisch wie über eine Brüstung, um dem Gelb nachzuspähen, das bald wieder hinter einer Ecke verschwunden ist.

Beim Durchschreiten des Tages kommt es wieder und wieder zurück, ein wandelnder Fleck zwischen riesigen, bunt

wachsenden Hainen, wo die Insekten von zahllosen Blumen-
begattungen vor Verrücktheit toben und ihre spitze Lust in
jede Blüte stechen, in den Gässchen am Hafen, wo der Himmel nur noch ein schmaler Streifen ist und das Licht ausgelöscht scheint, wo die Feuchtigkeit in den Wänden sitzt und
den Häusern ihre Farbe aufzwingt, wo Kinder hinter verschlossenen Fenstern schreien, die Frauen in Grüppchen wie
dunkle Krähen beieinanderstehen und auseinanderfliehen,
um in Hast mit prallen Nylontüten hinter großen Türen zu
verschwinden. In den Terrassenbergen, wo der Anblick sich
schnell ändert und Häuser sich ins schattige Grün mauerum-
rahmter Gärten ducken, die Vögel wieder Platz finden, darüber schwungvolle Kreise zu ziehen und man blank geputz-
te Türschilder findet, verzierte Buchstaben, saubere Tage, wo
Wangen zart angeküsst werden und ein Hauch von Müdigkeit über den Dächern schwebt, da ziehen kleine Wege Fur-
chen durch das Grün und treten Grillen pausenlos an neuen
Stellen auf. Ein Konzert von Klingelzeichen, das manchmal
verstummt, als wäre es nie dagewesen.

Das huschende Gelb, mal fern, mal nah, ein spielender
Fleck.

Plötzlich Lärm im Nacken, ein Gewimmel im Rücken,
und aus der sicheren Ruhe springt, wie Funken aus der Erde,
sprühend ein Menschengrüppchen in den künstlichsten Farben. Schillernde Frauen in Regenbogenröcken mit Schulter-
tüchern wie Blütenblätter. Die tanzenden stampfenden Füße
in Stiefeln aus hellem Ziegenleder, eingeflochtene Bänder im
flatternden Haar.

Die Männer, in Kniebundhosen mit Bauchschärpen und weitärmligen Hemden mit Wämschen darüber, sie klatschen und springen mit solcher Wucht in die Höhe, als wollten sie in der Luft verharren. Ihre Locken wippen unter buntbestickten Mützen, und wir blicken in die uns bekannten Gesichter der Musikgruppe, die wir schon auf dem Flughafen gesehen haben.

Ihr Spiel ist ein unendlicher Tanz. Ihre Flöten schrillen und schnappen über. Farbige Fiedelinstrumente singen, Zungenschnalzen, Pfeiflaute und Jubelschreie zu einem Dudelsack, der sich wie ein langgezogenes Gelächter anhört. Einige der eben noch verschlossenen Tore der ummauerten Häuser öffnen sich, Frauen, Kinder, Männer, ebenfalls bunt gekleidet, laufen singend und lachend um die tobende Gruppe herum.

Minutenlang stehen wir und staunen, werden umtanzt, von der Musik umhüllt und verschwinden in der Menge.

Die Straße staubt auf, knirscht unter dem lärmenden Stampfen, und wenig später verschwinden alle so plötzlich hinter der nächsten Biegung, wie sie gekommen sind. Die Musik, das Gesinge und Gepfeife verebbt in Wellen. Bald sinkt der Staub unter der Stille, und die Sonne lenkt ihre Strahlen wieder ruhig durch die Bäume.

Sie stand am Tor und war völlig durchnässt.

Sie hatte die Hände zum Schutz wie ein Dach über den

Kopf gehalten, aber es war, als wolle sich der Regen nur über sie ausschütten.

Niemand sonst war so nass geworden.

Ihre Brille war so beschlagen, dass die Augen dahinter wie zwei große Löcher aussahen, und obwohl der Regen inzwischen aufgehört hatte, rann er weiter von ihr herab, verschwammen ihre Konturen, als wäre sie dabei, sich aufzulösen.

Der Regen hing in ihren Haaren, tropfte auf die Schultern und lief die beiden Arme entlang, über die gespreizten Finger wie lecke Wasserhähne. Sie regnete unentwegt weiter.

Die nassen Kleider klebten an ihrem Körper, ließen die Wäsche und die Haut darunter durchschimmern.

Sie kicherte immerzu.

Als sie die Brille abnahm, um sie zu putzen, konnten alle sehen, dass es ihr auch aus den Augen regnete. Sie stand mit dem Rücken zum Tor vor einem Haus mit einen Vorhof, einer hohen Terrasse, von Arkaden gestützt. Das Haus hatte etwas Südländisches. Es war umgeben von einer dichten Weißdornhecke, die im großen Bogen auch über das Tor wuchs.

Sie stand direkt unter dem Bogen der Hecke vor dem Tor.

Vögel zwitscherten schrill. Sie hatten in dem dichten Laub Schutz gesucht und stürzten jetzt in Scharen aus der Hecke in den nassen Garten und wieder zurück.

Hinter dem Haus türmte sich der Gewitterhimmel kulissenhaft zu den kühnsten Formen einer Gebirgslandschaft auf.

Es hörte auf zu regnen.

Es hörte auf zu tropfen.

Es dampfte aus der Hecke. Es war schwül.

Sie stand da.

Ihre Arme hingen herab, als wären sie zu lang, die Schultern waren ein wenig hochgezogen, der Rücken wölbte sich rund.

Sie kicherte.

Die anderen Kinder umringten sie, wie Zuschauer standen sie vor ihr und schauten.

Über der Brust fing sie an, sich aufzuknöpfen.

Die Bluse war bunt. Es waren muntere Farben, ein Blumenmuster vielleicht, mit gelben Blumen, die durch die Nässe aufgeblüht waren.

Sie streifte die Bluse über die Schultern. Die Haut war federweiß und glänzte durch die Nässe.

Man sah, dass sie fror.

Das rosa Hemdchen.

Die kleinen Brüste darunter waren wenige Wochen alt und stachen durch ihr Hemd.

Ein schiefes Lächeln.

Sie hielt den Kopf schräg und wischte mit der Bluse über die Haare, über die Arme und versuchte dann, die Bluse zu wringen. Die Hände färbten sich fleckig. Es tropfte nur wenig.

Die Blusenblumen waren jetzt wie plattgetreten und sahen zerrupft aus, als sie die Bluse über das Gartentor hing. Der Rock klebte an den Beinen, er hielt sie umschlungen. Sie drückte ihn nach unten und stieg zappelnd heraus. Er hatte Farbe gelassen. Der rosa Schlüpfer darunter war an einigen Stellen dunkel gefärbt, und von den Beinen rannen schmale

Bäche in die Socken und Schuhe. Sie nahm den Rock, rieb damit über die nassen Beine, schlug ihn mit einem Schwung aus und warf ihn zu der Bluse.

Sie bückte sich und zupfte mit klammen Fingern an den Schuhen herum, zog die steifen Schleifen auf und stieg aus Schuhen und Socken zugleich.

Sie stand mit nackten Füßen im Schlamm.

Ihre Haut rötete sich plötzlich.

Alles schien Augen und Ohren zu bekommen.

Stimmen riefen durcheinander.

Blicke wie durch Schlüssellöcher.

Augen wurden weit und kippten um, Stimmen balgten sich und schnappten über.

Vögel schossen wie Pfeile durch die Zwischenluft und stießen ans Gewitter. Wolken tobten wie Schaum im Meer und schwammen davon. Die Sonne machte alles durchsichtig und zischelte mit Echsenmund.

Sie stand mit nackten Füßen im Schlamm.

Sie zitterte.

Sie kicherte. Die Sonne hatte sie mit Lack angemalt. Auf den Haaren saß ein Glutrot wie eine riesige Zipfelmütze. Wortgewitter im Garten. Vor dem Haus trafen sich mehrere Stimmen. Das Licht brannte in den Augen und fing zu flirren an. Schritte auf dem Steinweg zum Tor. Sie blickte sich um, schob die Schultern hoch, zog den Kopf ein. Sie sah geduckt aus.

Die Hecke dampfte immer noch, die kleinen weißen Blüten dufteten, dass es schmerzte. Die Süße machte benommen.

Sie klapperte mit den Zähnen. Es übertönte alles. Sie kicherte nicht mehr.

Die Kälte machte ihre Bewegungen eckig und unkontrolliert. Sie nahm erst die Bluse und stieß die Arme in die zerquetschten Blumen.

Kleine gelbe Falter schwirrten vor Verzückung in der Hecke und trieben lustvoll durch die Blüten.

Ihr Mund war spitz. Die Beine steckten in dem Rock, der mit dem Saum klamm in der nassen Erde hing. Sie zog ihn hoch und verknöpfte ihn unter der Brust. Schuhe und Söckchen lagen im Schlamm.

Die Schritte kamen näher. Die Schritte waren schwungvoll. Es waren die Schritte einer Frau mit besonderen Schuhen. Sonntagsschuhen. An einem Schultag.

Dann stand sie da. Hinter dem Tor. Ihre Schönheit machte staunen. Flimmernde Bilder fielen ein, Schaufensterkleider, Tüllhütchen, Klänge, Melodien, ein Augenaufschlag, mit kurzem Blick vorbeigeschaut, gesehen werden, doch nicht sehen.

Sie öffnete das Tor.

Ein leises Kopfschwenken über die Kinder, mehr scherzhaft, ein leises Kopfnicken zu ihrem Kind, das zitternd dastand mit der nassen Blumenbluse, dem verfärbten Rock, bloßfüßig im Schlamm, von einem zum anderen schauend.

Sie kicherte wieder.

Die Frau neigte den Kopf mit dem dichten Haarknoten, von Spangen locker gehalten, ihre große Gestalt bewegte sich weich, ihr Kleid war ein Spiel, es war dunkel und vorn und hinten von oben bis unten mit Knöpfen verschlossen, ihr Lächeln eine Geste, der Mund war sonnenrot.

Sie streckte beide Hände gleichzeitig nach dem Kind aus, fasste die kleinen kalten Hände und sprach zu ihm mit klarer Stimme.

Das Kind entzog ihr die Hände, krümmte sich und bohrte die nassen Füße in die Schuhe. Die Finger flatterten.

Sie konnte die Schleifen nicht binden und kicherte immerzu darüber.

Sie hob die Socken auf. Die Frau griff wieder die rechte Hand des Kindes, lächelte und machte eine halbe Drehung, als habe sie einen Tanzschritt im Sinn, zog das Kind mit sich und schloss mit der anderen Hand das Tor. Sie ging auf das Haus zu.

Das Kind lief mit schlaffen, kleinen Schritten hinter der Frau her. Beide hielten einander fest, die Arme lang ausgestreckt, als verbinde sie ein Seil. Das Kind drehte sich noch einmal um, blickte durch die Brille über die linke Schulter und schickte ein schiefes Lächeln zu den anderen Kindern, die draußen standen und das Schauspiel betrachteten.

Die Frau geht an der Hecke entlang. Ihre gelbe Erscheinung leuchtet wie ein derber Falter, verströmt Licht, sonnengleich, und verschwindet dann im Schatten eines Baumriesen.

Die Grellheit verstummt hinter einer Biegung wie zuvor der Lärm der Musikanten und Tänzer.

Die Wege werden eng, klettern gerade den steilen Berg hinauf und schieben sich in das dichte Grün der Zwergbananenfelder, wo die rotbraune feuchte Erde einen satten Duft verströmt. Feldwege laufen an den Levadas entlang, die sich über die ganze Insel viele Kilometer lang erstrecken und sie mit ihrem kühlen Wasser zum Dampfen bringt. Kinder planschen im Wasser, Frauen spülen dort ihre Wäsche, und Männer, die das Wasser stundenweise für ihre Felder mieten, regeln den Lauf und lassen die Erde schwanger werden.

Der Weg wird ein Pfad, schmal drückt er sich an eine Mauer, die allein schon als Kunstwerk bestehen könnte und über die man in gemalte Gärten blickt.

Kleine Stufen führen hinab zu einem Weg, von Hortensien meterhoch gesäumt, ein Maiglöckchenbaum verströmt seinen Duft, Hibiskus und Bougainvillea ranken an einem Telefondraht zum Balkon eines Hauses, die gelb blühende Akazie weht mimosengleich und versucht sich von einer wuchernden Schlingpflanze zu befreien.

Neben unserem Weg stechen jetzt Fackellilien aus der Erde, Gerberas bilden leuchtende Sterne und handtellergroße Kamelienblüten setzen rosa Nester auf dunkelgrüne Blätter. Oleander säumt den Weg zu einer Terrasse, und auch dort dichter Pflanzenwuchs, Minze, Thymian in Töpfen und Basilikum, duftend und buschig. Und in üppigen Blütenständen die blaue Liebesblume.

Geripptes Licht fällt durch ein Holzgitter, weinberankt. Schwer, reif und prall hängen die Trauben über uns, als würden sie tropfen. Vögel kreischen in dieser Prächtigkeit, toben in Horden aus dem Dickicht und fliegen scharenweise in ihren bunten Leibchen irgendwelche Luftwege ab.

In einer Nische liegt eine Frau auf einem Sofa und schläft. Dann, als habe sie Fremde im Schlaf bemerkt, wickelt sie ein buntes Tuch um ihren Körper, und erst jetzt öffnet sie die Augen. Aus dem Erschrockensein wird ein lächelndes Erkennen, und sie begrüßt Freunde, die sie erwartet, aber lange nicht gesehen hat.

Durch zahlreiche Briefe und Beschreibungen ist uns das Haus vertraut. Durch die geöffnete blau gestrichene Tür das Rufen einer Stimme, die näher kommt, ein Lachen breitet sich aus, mischt sich in Umarmungen, Fragen stehen am Anfang, die erst einmal gar keine Antwort erwarten. Ein Durchwandern der gemeinsamen Vergangenheit beginnt und setzt sich fort, auch als sich die drei Kinder zu uns setzen und wir alle zu erzählen beginnen.

Bilder werden ausgelöst und gehen seltsame Wege, wir laufen umher auf der Suche, Vergangenes wiederzufinden. Die Freunde sind da, und ihr Haus kommt uns entgegen. Es lädt uns ein und nimmt uns auf.

Wenig später stehe ich im Zimmer, sehe die bekannten Bücher und schaue aus dem Fenster in das gedämpfte Gartenlicht.

Sie stand am Fenster. Sie sah ihn kommen. Sie drehte sich nicht um. Sie spürte seine Nähe wie eine Berührung.

Er sprach sehr sanft, ohne eigentlich irgendetwas zu sagen.

Sie hatte ihre Verwirrung nicht gezeigt, doch ihr war, als sei er mit seinen Fragen in sie eingedrungen und als seien seine Fragen Antworten zugleich.

Sie war nicht in der Lage, ein Wort zu sagen.

Für sie waren es Worte, die für etwas anderes standen. Mute dir keine Wahrheiten zu, hatte er gesagt und über ihre Schulter aus dem Fenster geblickt, wie man ein Bild betrachtet.

Sie hatte Wahrheiten nie geliebt. Sie langweilten sie. Sie log vorzüglich. Schon als Kind log sie, wo es nur eben ging, um der Wahrheit zu entkommen.

Sie mischte Realität mit Traum, um die Konturen zu entschärfen, und sie erfuhr, dass ihre Lügen sofort verstanden wurden, viel eher als die Wahrheit.

Die lebhaftesten Bilder hatten von ihr Besitz ergriffen, und sie wurde nie müde, sie zu verändern oder zu erneuern.

Gelegentliche Ausfälle ihres Gedächtnisses machten es ihr oft schwer, sich an die Geschichten, die sie erfand, zu erinnern. Geschichten wurden uninteressant, waren sie einmal erzählt. Die Worte, die sie erfand, waren Wellen in einem Strom, und jede weitere Frage an sie wäre sinnlos gewesen, sie hätte nur Anstoß zu neuen Geschichten gegeben.

Und indem sie die Lüge liebte, liebte sie auch die Wahrheit, es war ihr unmöglich, den Unterschied zu sehen.

Sie war in den Fängen des Nils, verlor sich im Staub einer

Stadt, steuerte auf schwimmende Inseln den Ozean an und litt unter den Zuständen, die dazwischen waren.

Er streicht zart über ihren Rücken. Der Kuss in den Nacken ist nur ein Hauch, er fühlt sich wie Moos an und verflüchtigt sich im Moment.

Kinder laufen durch das Haus, kommen polternd die Holzstiege hinauf und werfen sich ins Zimmer.

Es ist, als ob das Haus zum Schwingen kommt. In ihren bunten Kleidern sehen die Kinder wie laufende Blumen aus. Dann sitzen wir alle wieder an einem großen Tisch und essen warmes, selbst gebackenes Brot und trinken kühlen, hellen Wein. Freunde der Kinder gesellen sich dazu, reden munter und schnell, laufen ins Haus, Musik ertönt, wird lauter und übertönt jedes Geräusch. Übermütig tanzen sie im Garten, auf der Terrasse und den gemauerten Weg entlang.

Die Musik dröhnte, die Paare drängten sich eng. Es war heiß. Der Saal war voll. Der frühe Abend drückte seine Schwüle herein, und in den späten Sonnenstrahlen tanzte der Staub.

Der Klavierspieler auf der Bühne beugte sich tief über die Tasten, die schwarze Klarinette schrie, der Schlagzeuger hielt die Augen geschlossen, und der Sänger trug eine dunkle Haarlocke über der Stirn. In seinem Gesicht glänzte es fettig.

See you later, alligator.

Die weiten Röcke drehten und öffneten sich, harte Hände gaben den Taillen Schwung, zogen die Arme lang, ließen sie los und schnappten sie wieder im Flug. Die Füße steckten in schmerzenden Schuhen und hackten über das Parkett. Die Pferdeschwänze waren stramm geknotet. Sie wippten auf und ab.

Die Gesichter flogen vorbei, die Hände griffen schwitzend ineinander, den Mädchen pochte das Rot auf den Wangen. Die Jungen keuchten mit ihren Pickelgesichtern und stöhnten ihren heißen Atem den Mädchen entgegen. Wenn der Rhythmus wechselte und der Mann mit der Locke »are you lonesome tonight« sang, spürten die Mädchen die Hände der Tanzpartner durch den Stoff ihrer Kleider, als würden sie ein Brandmal setzen. Dann pressten sich die Schenkel der Jungen eng gegen die Röcke der Mädchen. Ihre Gesichter berührten sich an den Schläfen. Alle seufzten mit feuchten Lippen.

Die Musik schwieg.

Die Paare traten auseinander, die Jungen wurden zu Herren und führten ihre Damen an die Tische zurück. Dort lagen die kleinen Täschchen bereit, und der Weg durch den Saal begann.

Die Toiletten waren in den Pausen überfüllt. Vor den Spiegeln drängten sich die Köpfe.

Die Lippen wurden mit hellrosa Stiften bemalt. Die Nasen bekamen Puder, so wie man es von den Kinostars kannte. Die weiten Röcke wurden nach oben geschoben, die Strumpfhaltergürtel zurechtgerückt, die Strümpfe stramm gezogen, oben an den Schenkeln ein paarmal umgekrempelt und neu festgeknöpft mit kleinen tückischen Knöpfchen, die ständig verrutschten oder verloren gingen.

Sie trug ein Kleid aus gelbem Brokat, ein Blumenmuster, golddurchwirkt, rankte sich matt über den Stoff. Der Stoff war steif und stand fremd von ihr ab. Sie ging ein wenig nach vorn gebeugt mit hängenden Armen. Das winzige Täschchen in der Hand, als trüge sie einen Koffer.

Sie trat in den Toilettenraum. Sie stand und wartete. Dann drängte sie sich in die Menge, zog als Erstes den bauschigen Rock in die Höhe, der durch die Steife des Stoffs über der Taille stehen blieb, als steckte sie in einem Fass. Aus dem rosa Schlüpfer schauten die Strumpfbänder hervor.

Das Strammziehen der Strümpfe, das Festzurren der Bänder.

Der rosa Schlüpfer.

Er war weit und stand von den dünnen Beinen ab. Mit fuchtelnden Armbewegungen strich sie den Rock wieder nach unten, schwatzte kichernd vor dem Spiegel, schaute durch die dicken Brillengläser prüfend in ihr Spiegelgesicht und zog sich mit den Fingern die dunklen Ponyfransen bis über die Augen, als zöge sie einen Vorhang zu.

Einige Mädchen hatten sich gruppiert und versuchten, Tanzschritte zu üben, die ihnen noch Schwierigkeiten bereiteten. Sie sangen dazu und tanzten paarweise durch den engen Vorraum.

Sekundenlang stand sie still, als wäre sie nicht dabei, und betrachtete die Tanzenden aus dem Spiegel heraus.

Sie sah atemlos aus.

Sie drehte sich um.

Ihr Mund stand wie ein blutendes Fragezeichen im Gesicht, bis sie sich von ihrer Lähmung befreit löste und armschwingend in die Tanzenden griff.

Sie sang.

Sie sang ein Tangolied mit tiefer Stimme, die Knie knickten ein, groß ausschreitend streckte sie die Arme vor, erfasste ein stehendes Mädchen und riss es mit sich herum. Sie lachte laut dabei und sang.

Die anderen drehten sich ebenfalls ruckartig nach ihrem Gesang, die Köpfe flogen zackig, der Raum war für die ausladenden Schritte nicht groß genug, die weiten Röcke, die Halsdrehungen und Blicke wie aus einem Karussell, flitzten nach hinten und vorn, der frische Maiglöckchengeruch dampfte und mischte sich in die Wogenden, alle lachten schrill und drehten sich mit den tollkühnsten Bewegungen.

Ein Lichtflirren, ein Flattergesang, ein Tanzrausch, wie ihn der Ballsaal nie hervorgebracht hätte.

Sie lachte laut und sang und sang.

Jemand pochte an das Fenster.

Schattengestalten wurden durch das Riffelglas sichtbar, und plötzlich wurden alle still, strichen sich die Röcke glatt, kämmten von Neuem die Haare und suchten ihre Spiegelbilder.

Jemand öffnete das Fenster. Draußen vor dem Fenster ertönte das Rufen der Jungen, die sich drängten und eindeutige Armbewegungen machten, ihnen zu folgen in die

Abenddämmerung hinein, ehe man wieder vor dem Tanzlehrer und den Eltern das Gelernte vorzuführen hatte.

Sie war die Erste, die sich aus der Gruppe löste.

Sie steckte das kleine runde Täschchen hinter den Gürtel, hob den bauschigen Rock und kletterte aus dem Fenster.

Sie kicherte immerzu und stand dann breitbeinig vor der Gruppe der Jungen, als wäre sie zum Kampf bereit.

Die anderen folgten ihr, und bald löste sich die Gruppe auf, Paare gingen auf und ab und verschwanden in der Dunkelheit.

Einzelne Rauchzeichen stiegen auf, helle Stimmen und Geraune.

Ihre Augen blitzten wie verwundet.

Sie war darauf nicht gefasst gewesen. Diese Vielarmigkeit und die Hitze der Hände, diese langen Augenblicke, wo Lippen ungeschickt Ziele suchten, und die Anstrengungen der harten Finger, dieser bittere Geschmack.

Die einsetzende Musik trieb alle wieder zusammen, löste die Paare auf und führte sie in Gruppen wieder an ihre Plätze zurück.

Die Musik wehte wie ein Wind durch den Saal und hatte längst auch die erfasst, die vorher nur saßen und schauten.

Der Tisch, an dem die Frau saß, war zu Beginn eines neuen Tanzes jedes Mal umlagert. Es drängten sich auch die, die halb so alt waren wie sie.

Sie war groß und schlank, und es war, als neigte sie sich zu jedem Tanzpartner hinab. Sie hatte ein eng anliegendes schwarzes Kleid an, das vorn und hinten von oben bis unten mit einer langen Knopfreihe zugeknöpft war, und nur hinten am Rock und oben am Hals waren einige Knöpfe so geöffnet, dass sie sich beim Tanzen besser bewegen konnte und Lichtspalten weißer Haut sichtbar wurden.

Ihr Lächeln war aus Seide, und wenn sie tanzte, hatte die Musik einen anderen Klang.

Während sich die Leute um sie im Galopp bewegten, folgte sie einer eigenen Melodie und führte den Tanzenden mit sich in ihren Kreis, in dem sie sich drehte und den Kreis mit ihren Kreisen schloss.

Augenblicke, als seien rote Tage angebrochen, und das Kind lachte schallend dazu mit tiefer Stimme, blickte über die Kreise hinweg und zog sich Fäden aus dem Kleid.

Wo war der mächtige Vater.

Aufgeregt hatte das Kind gierig zu trinken begonnen und verschluckte sich immerzu an der sprudelnden Brause. Der Schluckauf schallte durch den ganzen Saal und verstörte den lockigen Sänger.

Das Kind sollte den Mund voll Zuckerblumen nehmen, das hätte den Zustand ändern können.

Es wischte sich den Mund ab. Wieder und wieder. Und rieb ihn rot, bis er anschwoll und riss.

Blut rann von den Lippen herab und lief als Rinnsal über das Kinn, bis es den Stoff ihres Kleides betropfte.

Es hielt die flache Hand vor den Mund und versuchte, das Rot zu verbergen.

Das Kind blutete.

Es zuckte mit den Schultern auf und ab. Ohne einen Laut.

Ohne die Lider zu heben oder zu senken. Plötzlich hatte das Kind merkwürdige Knitter im Gesicht. Als ob sich Töne in grelle Bilder verwandelten, hielt es mit beiden Händen die Augen zu und rief, es könne die Musik nicht länger ertragen.

Wo war der mächtige Vater.

Die Frau verlangte den Mantel.

Der Mann legte der Frau ein prächtiges Pelzcape um die Schultern und überschüttete sie mit Blicken. Durch die Tanzenden hindurch schritten sie zur Tür, ohne sich umzudrehen. Die Frau hatte das Kind an der Hand. Es hatte den Kopf ein wenig geneigt und schaute über die linke Schulter durch die Brille schief lächelnd zurück und tappte mit klappenden Schritten hinter der Mutter her.

Ziegelrote Münder lachen wie angezündet. Deine Geschichten, sagt sie, und ihr Haar wippt als leuchtendes Herz auf ihrem Kopf. Haarwildheit, die sich schüttelt und die Wangen streift. Sie steht auf und schenkt neuen Wein ein, der die Zeit verwischt und alles eintaucht in changierendes Licht.

Ein Netz von verblichenen Fotos und eine Wahrheit, aus der immer nur Geschichten entstehen.

Wie kann ein Lächeln vergehen, eine Bewegung, eine Geste. Ein Bild ist da. Ein Leben lang. Du verlierst es nicht.

Geschichten, das sind Erinnerungen.

Mit Verwirrung und Verwunderung erzähle ich vom Wiedererscheinen vergangener Bilder, vom plötzlichen

Auftauchen einer fremden Person mit vertrauten Bewegungen aus der Vergangenheit.

Es sind die Zufälle, an die du dich erinnerst, aber wie viele Zufälligkeiten sind nötig, damit ein Zufall daraus wird, damit dir die Dinge zufallen, die noch verborgen sind.

Gedankenverschlingungen, rufen die Freunde, reden überschäumend und lassen Personen vorübergehen, die vor langer gemeinsamer Zeit durch Eigenartigkeiten aufgefallen sind.

Doch wir sehen alle anders.

Die vergangenen Bilder stehen an der Schwelle des Traums mit einer Wirklichkeit und Einbildung zugleich.

Für den einen ein sonderbares Zeichen, ein Eintritt in ein Märchen, für den anderen normale Alltäglichkeit oder überhaupt nicht erinnerbar.

Gitterblumen spreizen sich über den Mauerrand und verströmen süßen Lilienduft, der eine wohltuende Beruhigung schafft und immer wieder zu langen Atemzügen reizt.

Der Nachmittag steht schräg über dem Blätterdach und wirft schiefe Strahlen auf die Terrasse, die in ein wild gegliedertes Muster zerfällt. Welch exotisches Licht. Wie auf flirrenden Bildtüchern züngelt das Hell an das Dunkel, berührt und durchbricht es, zieht sich zurück, breitet sich aus und vereint sich aufs Neue. Ein bewegtes Schattenspiel.

Inzwischen ist ein Wind aufgekommen, raschelt durch die Bananenfelder, in denen sich die Blätter aneinander reiben.

Die Freunde winken uns zu, ihre Blicke begleiten uns den steilen Weg hinauf, bis wir zwischen den Feldern verschwinden und nur noch ein Rufen vernehmen, das hin und her geht und leise verhallt.

Ein ockerfarbener Weg führt dann hinab in den Ort. Er leuchtet, als sei er aus der Sonne gefallen.

Mauern, aus einzelnen Steinen gesetzt, halten am Wegrand die Raserei der Pflanzen ab. Sie klettern aus den Gärten wie neugierige Kinder, stecken ihre Arme in die Spalten, krallen sich mit ungezähmter Wildheit hinein, und kaum haben sie ein wenig Erde auf der anderen Seite der Mauer erreicht, frohlocken sie und strotzen übermütig in kecken Farben.

Vor uns die Ruhe des Meeres, das am Horizont sein Blau verlässt und in den Himmel fließt, davor die Stadt, deren Geräusche noch nicht hörbar sind, die erdige Farbigkeit der Häuser mit dem Rot der Dächer und dem Saftgrün der Pflanzen, das aus allen Zwischenräumen knallt.

Ein Pflanzengemurmel um uns herum, das sich, je näher wir dem Ort kommen, in das Summen der Stadtgeräusche mischt.

Die Treppe nach unten ist steil.

Das jähe Abtauchen des Meeres, das den Himmel spiegelt.

Das Abkippen der Dächer, wobei das Rot bald unter den vorspringenden Mauern verschwindet.

Das Recken der Häuser, die ihre Hälse in den sich balgenden Bäumen verstecken.

Das Aufklappen der Straße, die uns mit Getöse überfällt, ehe wir die letzten Stufen des Feldwegs verlassen haben.

Der Lärm scheint zu schwer für diese Straße, diesen Ort und legt sich wie eine Last über mich, an der ich schleppe.

Die Augen sind erschöpft und suchen taumelnd Ruhe. Keine Farben, keine Formen, keine Geräusche, nichts mehr, an das ich mich erinnern möchte.

Nichts.

Die Tür klappt zu.

Das Tönen der Zeit in meinem Ohr.

Alles fließt zu einem Punkt zusammen. Bilder drehen sich und ziehen Fäden. Ein Kreis nähert sich dem Rand. Eine Wand verlässt den Raum.

Chaotische Ruhe.

Das Herz kippt um und trommelt rhythmisch gegen die Enge. Ein ungewisses Spiel, von dem man den Ausgang nicht kennt.

Gedankengewitter ziehen durch den Schlaf am späten Nachmittag. Strichstufen klettern himmelwärts und verschieben die Linie der Leiter.

Die Augen geben sich nur noch mit Schatten zufrieden. Ich tue Dienst im Schatten des Raumes. Manchmal laufe ich hin und her und rücke die Schatten zurecht, Gegenstände, die Schatten der Schatten sind.

Das Aurelienrot des Mutterkleides, ein gespiegeltes Bild, das sich pendelnd bewegt und nicht die Farbe lassen will, in das ich mich bette und das angenehme Spuren in mir hinterlässt, sodass ich eine ruhige Weile das Rot als mein eigen spüre und wie eine schützende Decke benutze.

Plötzlich steht ein gelbes Dreieck im Raum, das stolpert, sich zum Fenster hin neigt und als fliegender Berg hinauseilt, ohne zu winken, ohne einen Gruß oder einen Blick zu lassen.

Das blendet meine Gedanken, und die Verlassenheit des zufälligen Raumes fällt über mich her. Ich ziehe einen Strich und wandle über das verschobene Meer.

Sekundenträume.

Die schwimmenden Freunde nicken immerzu, entsteigen dem Wasser und reihen ihre rosa Körper am Saum des Meeres zu einem albernen Foto auf. Sie bewegen die Arme, rufen Höflichkeiten, finden sich ein zum turbulenten Tafeln an einem Ort, an dem vieles hin- und hergetragen wird, wo der gedeckte Tisch überquillt, die Freunde von vielen Tellern essen und die gefüllten Gläser das weiße Tuch vertropfen.

Von überallher schrilles Vogelpfeifen, das anschwillt und verebbt. Dampfer, die nicht weit entfernt vom Ufer mit zischender Geschwindigkeit vorüberflitzen, am Horizont verschwinden, wieder auftauchen und wieder verschwinden.

Auf einer riesigen Leinwand werden immerfort Landschaften mal fern, mal nah in ständig wechselnder Schärfe gezeigt.

Ein Auseinanderfallen der Bilder. Als habe ein Wind über ein Puzzlespiel geweht, flattern nun die einzelnen Bilder davon, um sich selbstständig mit kräftigem Flügelschlagen wie eine Vogelherde zielsicher fortzubewegen.

Der Vorhang vor dem Fenster bauscht sich auf und streift wie ein Flügel das Bett. Ich erwache aus einer Schlafbetäubung.

Das Licht hat den Raum verlassen. Draußen ruht ein dunkles Blau. Es ist immer noch warm. Im Schlaf war ich erschöpft. Von bedrückender Enge befreit, atme ich tief, und um die Spuren des Schlafs zu vertreiben, rudere ich mit den Armen auf und ab wie Windmühlenflügel im Wind.

Ich laufe im Zimmer umher.

Der große, mit Majolikakacheln umrahmte Spiegel über dem Bett gibt ein zersaustes Bild wieder. Über die Haare streichend, als würden Gedankenbüschel entfernt, versuche ich, das Bild zu glätten.

Doch dann gerieten Arme und Beine in unglaubliche Verrenkungen. Der neugierige Blick zum Spiegel zeigte jedes Mal das wechselnde Spiel von Hüpfen, Dehnen und zehenspitzigem Recken bis hin zu ihrem schrägen Fall.

War es Absicht oder einfach eine Ungeschicklichkeit. Sie fiel jedes Mal hin, bewegte sich von vornherein so, dass man den Fall schon ahnte und voraussah.

Die Lehrerin brachte es fertig, sie in jeder Stunde zu bemuttern. Dann saß sie auf der Bank und verfolgte mit unsicheren Augen unser Mühen. Sie freute sich, dass sie saß. Oder über uns.

Sie freute sich.

Mit winzigen Schwitzperlen auf der Stirn trete ich ans Fenster, um mich im leichten Wind abzukühlen.

Hypnotischer Duft aus Pinien, Rosmarin und Meer.

Ein leises Klingeln im Flur, als würden Gläser zart

aneinanderstoßen, das Öffnen der Tür, und M. steht mit einem Teetablett im Raum, stellt es auf die Fensterbank, an der wir stehend den heißen Tee trinken und in den grünenden Garten schauen.

Nichts geschieht. Alles ist nur da und ist, wie es ist. Der Abend zieht in den Garten ein. Die Konturen deutlich sichtbar, verschieben sich in die Schatten der Bäume ineinander. Wellengleiches Wehen, das verebbt und von Neuem beginnt.

Wir stehen still, eingerahmt vom Fenster. Blicke in die Unendlichkeit des Windes. Ein Dazwischenflüstern, ein sich Nähern der Stimmen, die leiser werden und verwehen.

Unter uns klinkt eine Balkontür auf, Licht fällt heraus, und ich glaube für ein paar Sekunden eine vertraute Melodie zu hören, dann eine Männerstimme, die sanft, aber eindringlich spricht. Jemand tritt auf den Balkon.

Es ist die Frau.

Sie spricht kein Wort. Sie legt die Hände auf das Balkongitter und blickt in den Garten.

Der Mann spricht immer noch. Er kommt ebenfalls auf den Balkon. Er hat ein weißes Tuch in der Hand, das vorn zu einer Spitze gedreht ist. Er legt den Arm um die Frau, drückt sie leicht zu sich herum und beginnt, an ihrer hellen Jacke oberhalb der Brust einen Flecken herauszureiben. Man hört das Reiben der beiden Stoffseiten gegeneinander. Er reibt und tupft ober- und unterhalb des Flecks und rechts und links davon, damit die Knitterfalten vom Reiben sich wieder glätten. Ein erneutes Reiben mit der Trockenseite des Tuchs, jetzt aber schneller, fast ein Darüberhinwegwedeln.

Die Frau steht still und hat den Kopf zum Fleck geneigt. Der Mann umfasst ihre Schultern und betrachtet sie von oben bis unten, er sagt etwas zu ihr und geht vom Balkon ins Zimmer zurück.

Sie hält die Jacke ein wenig von sich, um die Stelle, wo vorher der Fleck war, zu betrachten. Er redet mit ihr aus dem Zimmer heraus, und sie antwortet mit ihrer tiefen Stimme.

Er kommt zurück, reicht ihr eine rot glänzende Lacktasche und führt sie in den Raum. Die Tür klappt hinter ihnen zu.

Es hatte leicht zu regnen begonnen. Er hatte den Arm um ihre Schultern gelegt und betrachtete sie voller Bewunderung, wie ein Vater seine Tochter betrachtet hätte. Er hätte ihr Vater sein können. Sie war eine junge Frau, und da sie eine um so viel jüngere Frau war, wirkte er älter, als er war. Sie wirkte nicht wie eine Mutter. Sie war eher eine Nichtmutter. Sie war eine Dame.

Das Kind sah nicht aus wie das Kind des Vaters, dafür schien er zu alt.

Das Kind sah nicht aus wie das Kind der Mutter, dafür schien es zu anders zu sein. Das Kind stand zwischen der Mutter und dem Vater. Es lachte immerzu und drehte sich in seinem steifen Kleidchen hin und her.

Die Gäste klatschten der Mutter zu, kamen ihr entgegen und beglückwünschten sie.

Frühlingsgesang.

Frühlingsregen.

Man hatte zu einem schillernden Frühlingstag eingeladen, und die Kinder gingen die Kuchen suchen. Wo lagen die guten Kuchen, wo war die Torte für die singende Mutter, die Blumenfrau, in ihrem dunklen Kleid so doppelgeschöpfig am Flügel stand und sang. Diese unvergängliche Liebe zur Musik. Diese unerträgliche Leidenschaft für die Oper.

Umrahmt von Blumen. Blumengrüße an die Tochterfrau, die Damenmutter, die von Herzen aus lauter Liebe und Hingabe immerfort beglückwünscht wurde.

Das Kind stand daneben.

Der kleine Hals schaute dünn aus dem Kragen, der Kopf war ein wenig vorgebeugt, die Augen fackelten hinter der Brille.

Die Finger knibbelten ineinander verknotet auf dem Rücken, vor dem Bauch, an den Armen, wo immer sie sich trafen. Wie ungeschickte Vögel flogen die Hände in- und auseinander, fanden nirgends Halt, überhasteten den Stoff des Kleides, verdrehten sich in dem bauschigen Rock, pulten unter der Gürtelschnalle und hingen dann eigentümlich steif und ein wenig nach vorn von den hochgezogenen Schultern herab.

Eine kleine Verdrehung zur Seite, der Kopf neigte sich, mit einer Hand griff sie zum Ellenbogen des anderen Arms, presste den Handrücken gegen den Mund und biss hinein mit den kleinen schnellen Bissbewegungen einer Katze.

Plötzlich hatte sie tintiges Warzenblut an den Händen.

Es rann ihr von den Fingern.

Die Hand vor dem Mund.

Sie hielt sie vor dem Mund und sah die vielen fremden Augen.

Erlösende Schritte. Sie drehte sich ihr entgegen.

Die Mutter öffnete ihre rot glänzende Lacktasche, holte ein zierliches Tuch heraus, das sie spitz faltete, aus ihrem Mund heraus befeuchtete, und tupfte dem Kind die wunden Finger und die Mundwinkel glatt. Dunkle Rotpunkte mischten sich ins Blumenmuster. Der kleine dünne Hals war fleckenlos davongekommen, die Hände zappelten wieder herum, als seien sie auf der Flucht.

Wir standen verstreut, wie vergessene Kinder, und betrachteten scheu das sickernde Rot der Warzenhand mit dem kleinen Knoten aus dem zierlichen Taschentuch darüber, auf dem die roten Tupfen sich langsam dunkel färbten.

Ein schönes Fest voller Farben, Blumen und Freunde.

Alle glänzten im Gesang und raschelten durch das Haus und den nass glitzernden Garten, ein fortlaufendes Muster.

Ein ständig wiederkehrender Garten, mauerumrankt, mit einem Tor aus verschlungenen Riesenbuchstaben. Ein Muttergesang, der alles übertönte und durch die Mauer drang, ein Vatermann, der kam und ging.

Sie waren alle miteinander beschäftigt und hatten die Suche vergessen.

Was war es noch, was verloren ging.

Sie teilten sich, und die Kinder liefen eine endlose Pappelwiese entlang, ohne an den Rückweg zu denken, ohne jede Pause liefen sie in ein struppiges Dickicht hinein.

Die Mutter rief den Namen des Kindes. Diese vielstimmige Frau sang den Namen in den Garten hinein mit eifrigem Zungenschlagen. Es tönte über die Pappelwiese und über die Hecke hinaus, in der die Vögel sich jagten und in ihrer Wildnis schrien.

Ein Irrgarten, ein Dickicht aus Zauberei unter dem farbigen Himmel, aus dem es schien und regnete zugleich.

Ein banges Rufen und das schrille Lachen der Kinder, das sich darüberschüttete. Alle hatten durcheinandergesprochen, nichts konnte verstanden werden. Man sah sie im hohen Gras.

Sie war durch und durch nassgeregnet und drehte sich immer im Kreis. Mit den Armen rührte sie in die Luft hinein, taumelte über die Wiese, den Kopf mal nach unten, mal nach oben verdreht.

Arme holten sie ein, fingen sie auf. Sie hatte sich im Rufen verhört und war aus dem Gesang herausgetanzt in eine andere Zeit hinein. Im Haus hatte das Kind eine Schürze um und trank aus einem Glas dampfende Milch. Die Zunge war scharlachrot, ohne einen Schatten. Diese Farbigkeit machte schwitzen. Die rote Zunge war deutlich sichtbar, wenn es sich nach jedem Schluck die letzten Tropfen von der Unterlippe leckte. Danach wurde das Kind weggenommen und in einen anderen Raum gebracht.

Eine Tür klappte zu.

Wir gehen hinaus. Die Straße, leitersteil, als sei sie aufgerichtet worden. Lange Stufen führen hinauf, purpurfarbene Rankgewächse umschlingen die schrägen Mauern, Trompetenbäume verströmen ihren Nachtduft wie einen Klang.

Langsam steigen wir bergauf. Am Ende der kleinen Straße leuchten Lampen durch das Geflecht von Pflanzen. Ein Gärtchen drängt sich an den Berg, aus dem Zikaden erstaunlich spitz lärmen.

Nach dem Öffnen einer Pforte stehen wir auf der vom Weinlaub überrankten Terrasse eines Restaurants, in dem die Freunde uns begrüßen. Bald sitzen wir auf einem Pflanzenschoß, kleinen Bänken, zwischen Büschen und Blumen und freuen uns auf das Essen. Lautes Geplauder über den verflossenen Tag. Gedanken fließen ineinander, Stimmen wechseln und berühren sich.

Neben uns feiert eine Familie Geburtstag, ein Herüberneigen und lebhaftes Schwatzen in vielen Sprachen, ein Verschieben der Gesichter und ein Durcheinander von Wortwindungen. Satzanfänge werden übertönt. Lachen fällt durch die Nacht und hinterlässt ein übermütiges Schwingen. Der Vinho verde Gatao mit dem Bild der Katze steht in Flaschen auf dem Tisch, er leuchtet mondkühl aus den Gläsern. Das warme Brot, das Bolo do caco aus Mehl, Salz, gekochten Süßkartoffeln und Wasser, wird mit Butter zu Salat gegessen, es knackt bei jedem Biss, man kann nicht aufhören, davon zu essen.

Der Geburtstagsgesellschaft wird ein großer, schwarz glänzender Fisch gezeigt, ein Vampir, der sein Maul aufsperrt, sodass man die spitzen, gefährlichen Zähne sieht. Seine übergroßen, weit aufgerissenen Augen sehen wie Schiffsfenster aus. Es ist ein Degenfisch, ein Espada, der hier aus der Tiefe des Meeres gefangen wird.

Der Koch kommt an den Tisch mit einem Korb voller Zutaten, in dem Zwiebeln und Knoblauch, kleine dünne Porreestangen und Unmengen von Petersilie liegen. Er legt alles geschickt um den Fisch, der an Gefährlichkeit verliert und zu etwas Essbarem wird.

Die Frauen und Männer reden mit dem Koch über die Zubereitung des Fisches, und obwohl wir kein Wort verstehen, sind die Worte sichtbar. Zufrieden trägt der Koch den Fisch davon, alles ist geklärt, er kann mit der Arbeit beginnen.

Die Frau, die Geburtstag hat, wird immer wieder besungen, die Kinder klatschen dazu. Die Freude über diesen Tag steht ihr im Gesicht. Sie ist nicht mehr ganz jung, aber auch noch nicht alt. Ihre Kinder sind groß, und einige haben auch schon wieder Kinder. Sie hat ein leuchtendes Gesicht, Augen, an denen man sich wärmen kann, das schwarze Haar ist im Nacken mit einem Band verschlungen, in dem eine Hibiskusblüte steckt. Über die Schultern hat sie dünne Seidentücher gelegt, die bei jeder Bewegung wippen und ein Bild von Vielarmigkeit erzeugt.

Der Mann neben ihr hat das stolze, zufriedene Gesicht eines Menschen, der sich eine große Familie leisten und sie versorgen kann.

Vinho tinto de la Casa steht dort in großen Keramikkrügen auf dem Tisch. Er fließt rot in die Gläser, von denen auch die kleinen Kinder nippen, die, kaum sind sie dem Stuhl entschlüpft, wie zuckende Blitze um den Tisch flitzen, sich jagen, dann Schutz suchend in sichere Arme flüchten, die sie aufheben und wiegen, in die sie sich drücken, um einige Minuten in vollkommener Ruhe einen warmen Hals zu genießen.

Die jungen Frauen reden laut und energisch, ebenso schnell und gestisch wie die Männer. Sie gehen nicht zimperlich mit ihren Kindern um, beziehen sie in ihre Reden ein, und lautes Gebrüll und Fußstampfen kann sie nicht erschüttern. Dann werden die Kleinen zu den Männern mit den offenen Armen geschickt, die sie flüsternd beruhigen.

Stimmenrauschen wie Wellen des Meeres.

Die gefeierte Mutter taucht auf und setzt die Bewegung der Wellen im Lächeln fort.

Die jungen Frauen wogen mit ihren bunten, klaffenden Blusen über den Tisch und stecken die Kerzen der Windlichter an, als würden Sterne aufgeblasen. Die Männer mit ihren wippenden Schößlingen in den Armen schwatzen zu uns herüber und winken mit den Augen, heben die Gläser, willkommen für alle an diesem Tag.

Die Espetadagestelle werden an unsere Tische geschraubt, riesige, tropfende Schaschlikspieße daran gehängt, von denen man das Fleisch auf einen Teller zupft. Geröstete Kartoffeln dampfen in Schüsseln, der Duft von Rosmarin weht über den Tisch. Und nicht der Hunger reizt zum Essen, es sind die Gerüche, die Farben, das Hantieren, und manchmal ist es einfach so, dass man in etwas beißen möchte. Der Biss, es ist der Biss, der reizt.

Auf dem Nachbartisch wird Platz geschaffen, ein geometrisch gescheitelter Fisch wird in einer langen Pfanne auf den Tisch getragen. Zwiebeln, Porree, Petersilie zischeln noch im heißen Öl und umrahmen den Fisch. Er hat die schwarze Glätte verloren und ist zu einem braunknusprigen Gericht geworden, das der Vater zerlegt und Teller für Teller damit versorgt, bis ein weißes Skelett übrig bleibt. Gemüse, Reis, Kartoffeln, der Tisch füllt sich, ein heller, kühler Sercial in den Gläsern, und ringsherum klappert nun die Tischmusik. Messer zerteilen das Fleisch, den Fisch, Gabeln schieben die saftigen Bissen in die Münder, die Lippen fetten und die Gesichter röten sich. Die Kinder schauen schläfrig, und mit kleinen Brotbissen wird ihnen der Mund zugestopft, sodass sie, für Minuten mit Kauen beschäftigt, das Sprechen vergessen.

Die Freude des Zusammenseins, die Gemeinsamkeit des Essens vereint und nimmt alle in diesem Garten in die große Runde auf, man rückt die Tische zusammen, der Mond ist mit Weinranken verknüpft und schwingt hin und her. Das Blau der Nacht ist eine warme Jacke.

Welch hexische Verwandlung grüner Beeren in einen dickflüssigen Wein. Der Malvasia, er ist ein Mutterwein, gehört zu diesem Fest und liegt schwer in kleinen Gläsern, die jetzt vor jedem auf dem Tisch stehen.

Ein süßer Geruch wird in Pfännchen aufgetragen. Winzige, blau flammende Bananen, die auf der Zunge zergehen.

Doch die Speise erkaltet schnell, und bald haben wir

karamellige Klumpen zwischen den Zähnen, die zusammenkleben, bis man sie kaum mehr auseinanderbekommt. Wir puhlen sie aus dem Mund und ziehen meterlange Zuckerfäden heraus, die gar kein Ende nehmen wollen, in die wir uns fast wickeln könnten.

Gelächter weht bis in die Küche hinein, wo es den Koch erreicht, der dann, in der Tür stehend, sich lachend auf seine Schenkel schlägt, sich die Schürze abbindet und zwischen uns Platz findet.

Die Nacht beginnt zu glitzern.

Über diese Worte hatte sie nur lachen können, und ihre Zunge strauchelte im Text.

Sie hatte dazwischen geflüstert und damit alles durcheinandergebracht.

Ein Schwebezustand wurde erreicht, bei dem noch unklar war, wie er enden würde.

Sie hatte den einstudierten Text mit einem spöttischen Lächeln vorgetragen und ihm durch merkwürdige Betonung einen anderen Sinn gegeben.

Die letzten Sätze waren in ein strauchelndes Flüstern getaucht und mit fremder Stimme gesprochen.

Aus tiefem Schlaf, von der Nachtseite kommend, tappte sie umher und ließ einige Wörter mitten im Satz zurück. Ein Treppenfall der Worte. An unterster Stufe angekommen, hockte sie sich hin, als sei sie aus der Zeit gefallen.

Von dem plötzlichen Verlauf erschrocken, hatten die anderen Mädchen herzklopfend weitergesprochen und versuchten, mit unsicherem Blick auf sie, die letzte Szene zu gestalten.

Das Ende stand bevor. Es war nur noch wenig zu sagen. Und während im Hintergrund ein leises Flötenspiel ertönte, das den Schluss der Aufführung einleitete, spielten die Mädchen um die Hockende herum, die sich lang ausstreckte und liegen blieb, als gehörte sie nicht dazu.

Sie war dem Text aus der Reihe getanzt und hatte das Ende auf ihre Weise gezeigt.

Die Eigenart der Sprache, die taumelnden Bewegungen, das merkwürdige Abspringen bis hin zum Fall, das hätte eine eigene Gestaltung sein können.

Sie hatte den Schluss verdreht, lag in stiller Pose da, während die anderen Mädchen sich im Halbkreis bei abklingender Musik verabschiedeten und vor dem dunklen Vorhang, wie aus der Nacht heraus, winkten.

Die Frau hatte die Brauen hochgezogen.

Sie saß in der ersten Reihe und betrachtete das Ende des Spiels mit einem zagen Lächeln.

Sie hatte an Farbe verloren und versuchte, den Blicken zu entkommen.

Einen Atemzug lang hielt sie die Augen geschlossen. Dann ein glitzernder Blick, gehauchte Worte, Wange an Wange mit dem Lehrer, ein Nicken, klatschende Hände und Stimmen zu allen Seiten, die die schöne Täuschung lobten und voll Bewunderung von den eigenwilligen Einfällen sprachen. Keine

Schreckspur mehr in ihrem hellen Gesicht, und als habe sie mit schneller Hand Rouge aufgetragen, röteten sich die Wangen fleckenreich. Ihr Lachen löste die Starre auf.

Die Wahl ihrer Worte, ihrer Bewegungen setzte das Theater fort.

Die Eltern gratulierten. In ihren Gesichtern stand die Bewunderung. Das unverständliche Ende wurde gelobt. Es wird eine eigenwillige Gestaltung gewesen sein und einen Sinn haben, den die Künstlerin als Rätsel mit auf den Weg geben wollte.

Der Lehrer stand außerhalb dieses Kreises von den Schülerinnen umringt, die alle gleichzeitig auf ihn einsprachen und verstanden werden wollten.

Er stand still.

Er schaute nur zu der Frau. Seine braunen Augen sahen unnatürlich groß und schillernd hinter der Brille aus. Sein Gesicht war ruhig. Ohne die Frau aus den Augen zu lassen, sprach er langsam, und seine Lippen verweilten manchmal für wenige Sekunden aufeinander, ehe sie sich wieder öffneten, um weiterzusprechen.

Er war noch sehr jung.

Er hatte wie ein Lesender gesprochen und dabei immer in eine Richtung geschaut. Er hatte Lieblingsworte, die er aus dem Gleichklang seiner Sprache hervorholte, als würde er diese in Großbuchstaben sprechen. Augenmalereien zwischen den Sätzen, die wie Briefe verschickt wurden und keine Antwort erhielten.

Eine dünne Stimme, die aus dem Schatten kam, unterbrach

das Wortgewirr der Mädchen, das sofort in zischendes Flüstern überging.

Rote und blaue Töne.

Das Kind sandte ein Lächeln zur Mutter hinüber. Eine verfehlte Liebkosung, nur ein Hauch, eine künstliche Munterheit und bewegte Bilder im Muttergesicht.

Die Stimmung war umgeschlagen.

Die Mutterstimme war vergnügt und wandte sich dem Mädchen zu. Man solle die Zufälle zulassen, in einem Spiel seien Überraschungen nicht ausgeschlossen. Ein Spiel sei ein Spiel und könne sich ständig verändern.

Der Lehrer schaute stumm.

Er war von Träumen bis ins Höchste umschlungen. Die braunen Augen blickten aus der Zeit und holten verlorene Bilder zurück. Seine Hoffnung zerfiel. Die Frau war auf einmal fern. Die Hoffnung, dieses magische Zauberwort, hatte seine Bilder verrückt und hinterließ einen seltsamen Schmerz.

Ein winziger Spiegel in seinem Antlitz, eine ungeschminkte Szene, ein flüchtiger Augenblick, sekundenlang entblößt.

Sein Gesicht war weich, und ohne an Haltung zu verlieren, stand er da, und es blieb ihm gerade noch Zeit wahrzunehmen, dass die Mutter den Arm des Kindes fasste, das sich noch einmal umdrehte, um ihm über die Schulter hinweg ein spöttisches Lächeln zu schicken. Die Mutter und ihr Kind verließen den Raum.

Sekundenlang ein Geruch von duftender Seide. Die Frauen umarmen sich, drücken ihre Schultern aneinander, ein angedeuteter Wangenkuss, die Männer schütteln sich die Hände, klopfen die Schultern, tragen die schlaftrunkenen Kinder behutsam zu den Autos, Freunde verabschieden sich, ein verkreuztes Winken nach allen Seiten, dann ist es nur noch Nacht, und das Fest erlischt wie eine Fackel.

Ein leichter Wind vom Meer, eine Brise, die erfrischt wie nach einem Regenschauer.

Die enge, steile Straße nach unten ist feucht und glatt, sie glänzt nachtschwarz, und vorsichtig steigen wir hinab.

Aus den Gärten reizen die Orangenblüten zu prickelnder Atemlust, Blättergeraschel. Zwischen den Bäumen blinken Lichter auf, kreiseln durch das Dunkel, Klänge von Musik, die sich verstärkt, je mehr wir uns der breiten Querstraße nähern.

Bald wird es lebhaft. Frauen und Männer schlendern die Straße entlang. Auf einer flachen Mauer haben sich einige niedergelassen, sie reden miteinander und schauen anderen hinterher. Gedränge am Eingangstor zu einem Garten, aus dem die Musik ertönt. Wir bleiben kurz stehen, um in den Garten zu schauen, wo die Leute festlich und bunt gekleidet an Tischen sitzen oder dazwischen umherlaufen und die Musikanten wie ein Feuer umtanzen.

Eine Weile staunen wir über das angeschwollene Fest, über die Laternen, die Girlanden, die kunstvollen Kleider

und die Leichtfertigkeit der Farben, das Gewoge, das gleich-
mäßige Auf-und-nieder-wippen der Tanzenden, als würde
der Boden unter ihren Füßen beben. Kaum jemand, der vo-
rübergeht. Als die Musik verstummt, die Tanzenden ausei-
nandergehen, sehen wir, was wir ahnten. Die uns bekannte
Musikgruppe. Mit ihrem Rhythmus hat sie die Gesellschaft
in vibrierende Bewegungslust versetzt.

Neugier treibt uns an. Durch das Tor gehen wir in den
Garten hinein. Die bunten Laternen beleuchten die Wege,
hängen in den Bäumen, sind über die Terrasse gespannt und
führen zu den geöffneten Fenstern und Türen des Restaurants, aus dem Licht quillt, das sich dampfend in den Garten drückt.

Eine Gruppe junger Frauen und Mädchen in diesen reich
bestickten Kleidern kommt aus dem Schankraum in den Garten gelaufen. Die Frauen stoßen lange und laute Freuden-
schreie aus und wirbeln mit der Zunge in schneller Folge hin
und her, wie Flötentöne.

Sie laufen zu einer kioskähnlichen Bude, wo ein Bäcker
duftenden Kuchen aus heißem Fett zieht und in Zuckerwas-
ser tränkt. Die Frauen und Kinder verteilen das Gebäck unter den Gästen und den neugierig stehenden Zuschauern, die
an die Tische gebeten werden zum Mitfeiern.

Eine Hochzeitsgesellschaft, wie wir erfahren, die schon
seit dem Morgen feiert und nun auch die einlädt, die allein
von der Musik angezogen wurden.

An einem langen Tisch seitlich der Haustür, von wo das
Fest am besten zu überblicken ist, sitzen betagte Frauen in

ihren schwarzen Kleidern mit ihren schwarzen Kopftüchern, die, im Nacken verknotet, die Haare fast bedecken. Aber was die Kleider an Farbe verdecken, zeigen ihre Gesichter schillernd und bunt. Und mit rauen Stimmen erzählen sie Geschichten aus der Erinnerung, ohne das Fest aus den Augen zu lassen und an Bemerkungen zu sparen. Mit lang ausgestreckten Armen weisen sie auf die eine oder den anderen hin, um dann mit vorgestreckten Hälsen eine Szene zu verfolgen, zu lachen, im Einklang zu nicken oder in großen Zügen weiterzusprechen. Sie sitzen zusammen, Hüterinnen der Zeit.

Die jungen Mädchen kommen nicht an ihnen vorbei, ohne knicksend zu grüßen oder für ein Schwätzchen bereit sich zu setzen, augenzwinkernd werden sie von den Alten mit Fragen überhäuft und neckend in die Arme oder Schenkel gekniffen.

Die jungen Paare, die sich zu ihnen gesellen, haben diese Art von Prüfung längst überstanden. Sie necken die Alten mit ihren eigenen Sprüchen, lachen über ihre Späße und fragen auf bohrende Fragen ebenso bohrend zurück.

Nur die jungen Männer gehen vorbei, sie klopfen den Alten auf die Schultern, versorgen sie mit Getränken, Kaffee und dem süßen Kuchen vom Kiosk. Zu den alten Männern am Tisch nebenan setzen sich keine Frauen, auch keine Paare. Kleine Jungen lauschen den oft dröhnenden Geschichten, ihre Augen weiten sich dabei, bis sie das Meer spiegeln, auf dem sie davonschwimmen, und erst eine Hand, die über ihr Haar streicht, oder ein Klaps kann sie aus den Träumen zurückholen.

Die jungen Männer setzen sich ab und zu dazwischen, nutzen die Gelegenheit des Beieinanderseins, um Gespräche zu lenken, Anliegen vorzubringen und um Antworten auf ihre Fragen zu erhalten. Beim Abschied klopfen sie mit der flachen Hand auf den Tisch und entfernen sich mit einer kleinen Knickung des Körpers.

Die Terrasse füllt sich wieder, die uns vertrauten Musiker kehren zurück, und wir gehen langsam durch den Garten an den besetzten Tischen vorbei dem Ausgang entgegen.

Die Bewegung ihrer Arme.

Ein Recken und Hinausziehen der Fingerspitzen. Eine Beugung der Arme, und dann hält die Frau die Arme im Nacken verschränkt. Die Beine sind weit ausgestreckt unter dem Tisch. Sie wippt auf dem Stuhl ein wenig hin und her, reckt sich weit nach hinten. Den Kopf im Nacken blickt sie in die Nacht hinauf, sekundenlang in starrer Pose, dann drückt sie den Kopf nach unten und legt die Arme wieder stützend zurück rechts und links neben ihre Tasche. Der Lack der Tasche leuchtet granatapfelrot.

Plötzlich taucht sie mit fliegender Hand unter den Tisch, wo sie sich die Sandalen aufknöpft und abstreift, sodass verfärbte Füße sichtbar werden, die aus den Sandalen quellen und die sie nebeneinander auf den Kiesboden setzt. Sie atmet wie erleichtert. Sie öffnet die rote Tasche, holt ein Tuch hervor, streicht damit mehrmals über ihre Stirn, knotet die Hände in das Tuch, drückt es zwischen die Finger, rollt es zusammen und legt es in die rote Tasche zurück.

Der Mann neben ihr hat den linken Ellenbogen auf den

Tisch gestützt, der Kopf liegt leicht auf der Hand, und mit dem rechten Arm unterstreicht er in leichten Bewegungen sein Sprechen. Die Zuhörer gegenüber lauschen.

Seine braunen Augen sehen unnatürlich groß und schillernd hinter der Brille aus, sie blicken interessiert auf die anderen Gäste an seinem Tisch. Ich höre seine Stimme. Obwohl er lebhaft redet, ist sie eigenartig sanft. Seine Lippen verweilen manchmal für wenige Sekunden aufeinander, ehe sie sich wieder öffnen, um weiterzusprechen.

Kurz wendet er sich zu der Frau, legt den Arm, mit dem er eben noch die Worte dirigiert hat, um ihre Schulter und sagt etwas mit einem heiteren Ausdruck im Gesicht.

Sie krümmt den Rücken, und ich höre ihr rabenartiges Lachen und das laute Lachen der anderen am Tisch, die dann wieder die Köpfe zusammenstecken und mit Erzählen fortfahren. Sie ist auf dem Stuhl ein wenig nach vorn gerutscht, hat jetzt auch den Kopf aufgestützt und blickt abgekehrt von der Tischrunde im Garten umher.

Für einen Moment treffen sich unsere Augen, und ich erwarte den Blitz der Erinnerung auch in ihrem Gesicht, oder wenigstens eine Geste des Wiedererkennens nach den Begegnungen des heutigen Tages. Ein Nicken des Kopfes vielleicht oder ein Blick, der einen zweiten nachschickt, weil er Gesehenes notiert und wiedergefunden hat. So hätte ich mich nähern können. Doch ihre Augen kippen ab, sie blicken vorbei.

Eine Fremde schaut mich an.

Ein plötzliches Gefühl, als sei mir alles abhandengekommen, was ich entdeckt zu haben glaubte, als liefe ich

Erscheinungsbildern hinterher, die sich mir im Entstehen jedes Mal entziehen, als verwechselte ich Traumbilder mit Erinnerungsbildern.

Meine Gedanken geraten durcheinander.

Warum sprichst du sie nicht einfach an, fragt M. und fasst meinen Arm, um mich zu ihr zu begleiten.

Der Blick der Frau, ihr Unbeteiligtsein, hat alles in mir ausgelöscht und eine merkwürdige Beklemmung hinterlassen. Es ist alles vorhanden gewesen und doch wieder zerfallen durch ihren Blick.

Die Frau wendet sich ab. Ein zerstreutes Umherblicken, unendlich fern, über den Tisch hinweg, eine flüchtige Geste.

Das Buch mit den Bildern klappt zu und verflüchtigt sich im Sehen. Die Nacht steht schräg und hat an Farbe verloren.

Beschleunigtes Laufen aus einer aufkommenden Kühle heraus, und wenig später sitzen wir auf dem kleinen Hotelbalkon eng beieinander, dicht an die Hausmauer gedrückt, wo die Steine noch Sonnenwärme abgeben, und trinken einen letzten Schluck vor dem Schlaf.

Es endet der erste Tag auf dieser Insel, der sich auf merkwürdige Art vervielfachte, der das Jetzt mit Gedächtnisbildern mischte und mich ständig aus der Zeit gerissen hat.

Der Wunsch, Bilder einer vergessenen Zeit zu finden, gibt mir das Gefühl, als flögen Sperlinge durch meinen Kopf, greifbar nahe, aber nicht fassbar, sichtbar und doch nicht zu erkennen.

Ein Probestück, ein Wechseln von Traum zu Traum, Such-
bilder, von denen nur ein Puzzlestückchen fehlt, um den
Zusammenhang zu zeigen. Das Erahnte verdichtet sich und
ergibt doch noch nicht ein ganzes Bild.

Wie versperrt ist mir der Name dieser Frau. Er bewegt
sich ständig, hält nicht still und lässt mich weiter suchen.
Ich ahne, dass es eine Geschichte ist, die ihr den Namen
gab.

Verzweigte Denkwege, flüstert M., und wir lauschen in die
Nacht. Das Meer atmet müde in die Stille hinein. Im Raum
liegt kühle Dunkelheit, das Laken erwärmt sich langsam. Ein
katzenhaftes Einrollen unter der Decke, sekundenschnelle,
skizzenhafte Bildblicke vor dem Schlaf, ehe der Körper sich
streckt und zur Ruhe kommt.

Die Frauen kamen und gingen. Wenn sie die große Tür
durchschritten, traten sie in eine geräumige Halle und stiegen entweder rechts oder links eine hölzerne Treppe hinauf,
erreichten einen Innenbalkon, der die ganze Halle in schö-
ner Höhe umgab und sich zu einer Seite öffnete, von wo eine
große breite Holztreppe wieder in eine andere Halle führte.
Oben vom Balkon gingen in gleichmäßigem Abstand reich
verzierte Türen ab. Dazwischen saßen Frauen auf langen Bänken vor weißen, kahlen Wänden und warteten, eingelassen
zu werden.

Die Frauen flüsterten miteinander, schlangen die Arme

um ihre mitgebrachten Körbe, als verberge sich dort ein Geheimnis. Wenn ich sie anschaute, senkten sie die Blicke, beendeten ihr Geflüster und brachten damit meine Fragen von Anfang an zum Schweigen.

Weil ich wusste, dass ich auf der Suche war, setzte ich mich mit übertriebenem Abstand zu den anderen und wartete auf das Öffnen einer der Türen, um eingelassen zu werden.

Bald nur noch allein, da alle Frauen inzwischen hinter den Türen verschwunden waren, stand ich auf, um die eine oder andere Tür selbst zu öffnen. Gerade als ich mich für eine entschieden hatte, öffnete sie sich. Ich trat ein und war inmitten eines Waldes, der einen merkwürdigen Pilzgeruch ausströmte und in dem es feucht von den Blättern tropfte. Niemand war da, den ich hätte fragen können, wo ich mich befand. Die Frauen mit ihren Körben waren nicht zu sehen. Bald hörte ich Gesang in der Ferne und stieg durch den verwilderten Wald über Äste und Blattwerk den Stimmen entgegen.

Plötzlich hatte ich nur noch Augen für meine wunderschön bestickten Schuhe, die auf gar keinen Fall beschmutzt werden durften, und ich bemühte mich um einen schwebenden Gang über Moose und Hölzer und suchte Steine, auf denen ich festen Halt fand.

Über Flecken wäre ich tief beschämt gewesen. Und während mein Kleid an Ästen und Dornen im Dickicht zerriss, sah ich nur auf diese wunderschön bestickten Schuhe. Es kam mir nicht in den Sinn, sie auszuziehen, um sie zu schützen, sie waren mit mir verwachsen, und es war eher so, als gingen sie mit mir, als ich mit ihnen.

Eine vollkommen andere Landschaft, als hätte jemand einen krassen Filmschnitt begangen.

Der tropfende Wald lag hinter mir, und ich lief durch einen gepflegten, hellen, parkähnlichen Garten noch immer dem Gesang entgegen, der ganz in meiner Nähe sein musste. Ich wusste, dass ich auf der Suche nach etwas Bestimmten, mir aber dennoch Ungewissen war und alles, was ich sah und wahrnahm, mich keinesfalls verwunderte.

So erwartete ich die feinen Wege, die blumengesäumt leuchteten, erwartete die wippenden Pappeln und einen von dicker Weißdornhecke umgebenen Platz mit einem wassergefüllten Steinbecken in der Mitte, erwartete die Steinbänke und eine Treppe, die in das spiegelnde Wasser führte.

Auf dem Platz traf ich die Frauen wieder. Sie saßen auf den Bänken zusammen und hatten sich in prunkvolle Gewänder wie für ein Bühnenstück gehüllt.

Einige waren noch dabei, ihre alten Kleider abzustreifen, sie holten die neuen aus den Körben, stießen in die Ärmel, zogen sich den feinen Stoff über die nackte Haut und erhielten gleichzeitig damit ein neues Gesicht. Eine andere Zeit, riefen sie und schauten nickend auf meine unbefleckten Schuhe, die ihnen ein sonderbares Zeichen sein mussten. Sie redeten darüber, das war zu sehen. Sie redeten alle gleichzeitig und malten mit schwingenden Armen Luftbilder dazu.

Die Frauen hatten zu lächeln begonnen, und ich merkte, dass das Lächeln nur meinen Schuhen galt und der Sorgfalt, sie ohne Schaden getragen zu haben. Ihr wohlwollendes Lächeln, eine flüchtige Begrüßung, ein fremdes Winken.

Sie machten Handbewegungen zu mir, weiterzugehen, weiterzublicken. Einstudierte Gesten, ein Abwechseln zwischen Reden und ihrem feinen Lächeln.

Sie begannen zu flüstern und redeten mit der flachen Hand vor dem Mund.

Ich sah nur ihre Augen, die alle in eine Richtung sahen. Sie flüsterten immerzu und deuteten auf einen Baum, der auf einer angrenzenden Wiese stand und sich weit verzweigte. Von einem hohen Ast hing eine Schaukel auf den Weg herab, und darauf eine Frau, die sich in langen Zügen vor- und zurückschwang.

Beim Vorschaukeln flog sie jedes Mal in einen geöffneten Schrank hinein, der auch auf der Rückseite geöffnete Türen besaß, aus denen sie dann mit einem bebrillten Kindergesicht lachend herausschaukelte. Ihr Kinderkleidchen hob sich dabei und wehte ihr bis an die Brust.

Ich konnte den rosa Schlüpfer sehen.

Beim Schwung zurück stieß sie ein rabenartiges Lachen aus, die Haare fielen ihr ins Gesicht, sodass es kaum zu sehen war.

Der Gesang wurde auf einmal lauter, und als ich in die Richtung schaute, aus der er kam, sah ich auf den Stufen zum Wasserbecken ein Grammophon, an dem ein Mann hantierte. Mit einladender Geste und eindeutigen Bewegungen zeigte er auf die Wasserfläche, als wollte er zum Tanz bitten.

Die eben noch schaukelnde Frau kam herbeigeeilt. Vertraut lief sie ihm entgegen. Wechselgesichtig. Bei jedem Blick von mir verstand sie es, ihr Gesicht zu verändern. Als habe man Bilder in schneller Folge laufen lassen und mehrere Zeiten gemischt.

Der Mann, der in väterlicher Art winkte, streifte damit auch das Vaterhafte ab, umfasste die Frau mit theatralischer Umarmung und führte sie die Treppe zum Wasser hinab, wo sie dann ineinander verschlungen mit liebreichen Bewegungen in schönen Formen schwammen.

Beim Auftauchen hatten sie jedes Mal ein Foto in der Hand, das beide mit sanftem Lächeln betrachteten und auf die Wasseroberfläche legten, sodass diese bald wie ein gleitendes Bild aussah. Ein Suchspiel im hellen Splittermeer. Sie riefen sich allerlei Namen zu, die ich nicht verstand. Sie riefen mir etwas zu, das ich nicht verstand. Und weil ich nichts verstand, fühlte ich mich ungerufen.

Ich lief hin und her. Nichts erreichte mich. Ich war Zuschauerin und hatte keine Rolle zu spielen.

Ich lief hin und her und hatte plötzlich meine wunderschön verzierten Schuhe nicht mehr an den Füßen.

Sie waren mir durch das Hin- und Herlaufen abhandengekommen, und ich hatte es nicht bemerkt. Barfuß stand ich da und schaute zu den Frauen hinüber.

Ich fühlte mich tief beschämt. Ich war entblößt.

Die Frauen nahmen mich nicht mehr wahr. Ich war für sie verloren gegangen wie die Schuhe. Sie hatten das Grammophon am Beckenrand lauter gestellt, und durch den Garten ertönte eine Opernmelodie, zu der sie sich aufreihten und im Takt in die Hände klatschten. In viel zu enge Schulkleider gezwängt, sahen sie jetzt alle gleich aus, blickten durch kleine runde Brillen in eine nicht vorhandene Kamera und kicherten immerzu.

Die Frau war dem Wasser entstiegen.

Sie hatte ein dunkles, enges Kleid an, aus dem es unentwegt tropfte.

Sie war groß und schlank. Die nassen Haare hatte sie zu einem Knoten geschlungen. Sie verweilte einen Augenblick auf der Treppe wie in einer Pose und blickte auf das Wasser zurück.

Der Mann war im Bild verschwunden.

Es schaukelte auf der Wasseroberfläche, aus vielen einzelnen Fotos zusammengesetzt, das sich einer genauen Betrachtung entzog.

Die Frau war mit sich allein.

Sie trat in wunderschön verzierte Schuhe und ging aufrecht und mit schnellen Schritten einen baumgesäumten Weg entlang. Er führte zu einem Haus mit einem Vorhof und einer hohen Terrasse, von Arkaden gestützt. Sie öffnete die große Tür, trat ein und schlug sie hinter sich zu.

Von Armen umschlungen.

Ich streife die Decken weg.

Der Morgen ist knallgelb. Das Licht ein Lachen.

Ferien.

Den Tag als ein Angebot betrachten.

Die schwüle Luft über dem Bett, die noch nach Schlaf riecht.

Das Auseinanderbiegen der Arme vor dem Fenster.

Das Strecken des Körpers.

Die Füße, die über die wasserbespritzten, kühlen Fliesen laufen.

Morgengeräusche.

Sonne, die die Auswahl der Kleidung bestimmt.

Das Lächeln am Fenster.

Ein Blick hinaus. Inaugenscheinnehmen.

Träume blättern sich auf, zerschnittene Bilder, blitzartig beleuchtet.

Ein scherzhaftes Erzählen.

Und dann, ein Innehalten.

Ein Augenblick der Überraschung, Staunen über das Gesagte, als würden verschobene Bilder spielerisch zusammengerückt, als sei alles einfach nur ein Sprachproblem gewesen, als habe ich nicht die richtigen Worte gefunden.

Ich beende die Suche mit einer Wortfindung.

Ich werde ihren Namen nennen können.

Aus den Schwarz-Weiß-Fotos beginnen die Figuren zu laufen. Farben entstehen. Szenen, die dem Traum entsprungen sein könnten, verdichten und ergänzen die Erzählung. Über das Sprechen finde ich den Namen, finde ich das Kind der Frau, die wir bewunderten, wenn sie an uns vorüberging. Und ich höre den Klang ihrer Stimme und den Namen, den sie rief.

Es war ein besonderer Name.

Es war der Name ihrer größten und letzten Rolle, ehe sie den Mann fand und durch ihr Kind zu einer Mutter wurde.

Danach hat sie nur noch zum Vergnügen gesungen und in einer anderen Zeit gelebt.

Ein Rollentausch, ein Ebenbild, sagt M. Sie hat ein schattenhaftes Ebenbild geschaffen, um sich an sich selbst zu erinnern.

Wind weht aus dem Garten durch die geöffneten Fenster in den Raum hinein.

Die Tür klappt zu.

Wir gehen gemeinsam die Treppe hinab. Die Sonne malt durch das Fenster bewegte Muster auf M.s Rücken, als habe er ein Schuppenkleid an, legt Licht über die Blumen auf der Tapete und erweckt sie zum Leben, beleuchtet die Landschaften der Gemälde und gleitet über die stillen Gesichter der Porträts in goldenen Rahmen, die aus ihrer Starre in eine lebhafte Mimik verfallen.

Nach der Biegung der Treppe ändert sich das Licht. Die Treppe liegt im Dunkel. Die geblendeten Augen haben Mühe, die Stufen zu erkennen. Wir gehen langsam die Stufen hinab auf die helle Eingangshalle zu, die wie eine erleuchtete Bühne vor uns liegt.

Ein paar Gepäckstücke stehen inmitten in der Halle auf einem bunten Teppich.

Der Mann kommt von der Seite. Er schaut auf die Uhr. Er bleibt neben den Gepäckstücken stehen. Er blickt in die Richtung, aus der er soeben gekommen ist.

Die Frau kommt ihm entgegen.

Er winkt ihr zu und umarmt sie dann leicht.

Sie bleiben bei den Koffern stehen und reden miteinander.

Ich sehe die Frau von hinten, sehe sie bei den Koffern stehen und weiß, dass sie nur noch wenige Augenblicke hier sein kann, dass sie weiterreisen wird. Ein plötzliches Aufhaltenwollen. Ich wünsche mir, mit einer Geste, die Zeit anzuhalten. Für einen Blick in eine andere Zeit.

Ich werde ihren Namen rufen.

Ich werde sie ansprechen. Ich werde es können. Das Bild ist da, in diesem Augenblick. Im Vorübergehen. Ehe ihre Reise weitergeht.

Gilda.

Mit anmutiger Bewegung drehte sie sich um.

Sie stand lächelnd vor mir und blickte mich an, wie man ein Bild betrachtet, das man nie zuvor gesehen hat. Sie trug ein dunkles, eng anliegendes Kleid, das vorn und hinten mit einer langen Knopfreihe zugeknöpft war.

Ihre Haare waren im Nacken zu einem Knoten verschlungen. Sie lächelte immerzu.

Der Mann nimmt den Koffer, sie legt eine rot leuchtende Lacktasche über ihre Schulter, und dann gehen beide hinaus.

Die große Tür fällt hinter ihnen zu.

»Personen nehmen manchmal Gestalten an und täuschen eine Ähnlichkeit vor, als hätte man lang Vergessene wiedergefunden ...«

Alle Personen in dieser Erzählung sind erfunden.

Von Karin Irshaid ebenfalls im
KIENER-Verlag erschienen:
Das Hochzeitsessen
104 Seiten
ISBN 978-3-943324-91-4

LESEPROBE

Das Hochzeitsessen

*wenn man erst einmal zusammen an einem Tisch gesessen und
gemeinsam gegessen hat, kann man kein Feind mehr sein.*

Arabische Weisheit

مائدة الافراح

من جلس واكل على طاولة معاً، فلن يكن عدواً بعد٠

مثل عربي وحكمة عربية

Es ist nur ihr Rücken zu sehen und eine leichte Bewegung der Arme.

Lea, sagt sie und greift nach dem Fleisch. Zeit ist Augenblick. Gibt es Zeit?

Die Zeit ist zu einer mathematischen Gliederung geschrumpft, damit man sich anhand von Zahlen orientieren kann. Sie ist gewesen, und sie wird sein. Aber sie ist nicht vorhanden, sagt sie und hat das Fleisch fest in der Hand.

Sie geht mit dem Messer unter die Sehnen und zieht sie großzügig ab. Mit kurzen schnellen Bewegungen schneidet sie die Streifen klein und legt sie in den Katzenteller. Jetzt wäscht sie das Fleisch. Das Wasser tropft rötlich ins Becken. Sie hält das Fleisch mit beiden Händen und schaut den Tropfen nach. Sie legt es auf ein Tuch, tupft es mit leichtem Druck trocken und klatscht es auf ein Brett.

Zwischenzeiten, Lea, sind zeitweise möglich. Alles ist immer dazwischen. Die Zeit ist nur der Augenblick, aus dem Geschichte fließt. Ich werde dir alles erzählen, Lea, was ich gesehen und erfahren habe, und du sollst auch die Geschichten hören, die ich auf meine Fragen erzählt bekam.

Das Messer ist scharf. Sie hebt die Schultern, während sie mit der Spitze des Messers Löcher in das Fleisch bohrt. Mit schwingenden Kreisen streut sie Salz über die Lammkeule und verreibt es.

Vorsichtig zieht sie die bläuliche Außenhaut von einer Knoblauchzwiebel, hält die prallen Zehen in der Hand und zupft die dünnen Häutchen ab. Weiße Nüsse, die knirschen, wenn sie in schmale Stifte geschnitten werden, die sie in die Löcher drückt, bis sie ganz im Fleisch verschwinden. Den Rest zerstampft sie zu Brei. Ein Geruch entsteht, der hungrig macht. Duftenden Pfeffer, Piment, Nelken und die schwarzen Beeren aus Kardamomschoten zerstößt sie im hölzernen Mörser. Die Arme heben und senken sich. Sie rührt ein wenig Curry und Kumin darunter, gibt getrocknete Minze vom Strauß, ein paar Spitzen Rosmarin und Olivenöl zu dem zerstampften Knoblauch.

Die Farbe muss duften, Lea, dich muss der Duft schon vorher berauschen, dann wird das Essen Vergnügen sein. Meterweise, sage ich dir, haben sie aufgetischt. Dort wird der Tisch nach Metern gemessen, du kannst darum spazieren gehen, wirst kaum das weiße Leinen sehen, denn es wird zugestellt sein mit Schüsseln, Pfannen, Tellern und Tabletts voller Köstlichkeiten.

Mit beiden Händen verstreicht sie die Gewürze über die Keule, bis von dem Fleisch nichts mehr zu sehen ist. Sie lässt Öl auf die Hände träufeln. Sofort ändert sich die Farbe auf ihnen. Wird kräftig und leuchtend. Mit den öligen Händen reibt sie das Fleisch gleichmäßig ein. Sie wäscht die Hände, doch das gelbliche Braun des Currys bleibt. Sie sehen hennagefärbt aus.

Hennagefärbt wie die Hände der Braut, die Tage vor der Hochzeit auf einem Rosenbett sitzt und angemalt wird. Diese Zeit gehört der Braut und wird regelrecht gefeiert. Die Zeit danach gehört ihr dann nicht mehr allein.

Aber diese Zeit vor der Übergabe von den einen zu dem anderen ist frei und übermütig. Da sind die Frauen unter sich. Kein Mann wird es wagen, sie zu stören. Das wissen sie. Und das bestimmt ihr Fest.

Sie malt mit den Armen einen Kreis in die Luft und deutet auf die Keule.

Das Tier musst du dir ganz vorstellen, ich brate nur ein Stück. Beim Hochzeitsmahl hast du alles vorzuweisen. Du hast zu zeigen, was du isst. Selten wirst du etwas zerkleinert finden.

Sie reibt die Kasserole mit dem grünen Olivenöl aus, schält von einer Zitrone dünn die Schale, schneidet die Frucht in schmale Scheiben und legt damit die Kasserole aus. Sie legt die Keule darauf, Schalotten darum und darüber nochmals Zitrone und einen Rosmarinzweig. Mit einem großen Deckel wird alles verschlossen und mit Schwung in den Backofen geschoben.

Flüchtige Bewegungen der Hände über die Jeans. Die Hände haben durch die Curryfarbe einen eigenartigen Glanz und fahren mit irgendwelchen Arbeiten fort, als würden sie extra gesteuert. Ergreifen die Schalen der Zwiebeln und Zitronen, drücken sie in den Eimer für den Kompost. Mit dem Lappen reiben sie die Arbeitsplatte wieder sauber. Abwischen, ausdrücken, abtrocknen, über die Jeans streifen, die Hände aneinanderreiben, die dann für eine kleine Weile auf verschränkten Armen liegen, aber bald wieder unruhig werden und weitermachen wollen.

Sie betrachtet ihre Hände.

Die Almohennaie für die Bemalung der Hände und Füße mit Henna ist der Familie vertraut. Du findest diesen alten Brauch, den man schon bei den Ägyptern kannte, in allen Religionen rund um das Mittelmeer. Eine gute Almohennaie ist wie ein gutes Omen. Sie hat ihre eigenen Rezepte, das Henna zu rühren. Sie wird es nicht verraten. Es wird Tage zuvor bereitet und dabei mit vielen Wünschen und Sprüchen bedacht. Du kannst dir denken, wie sorgfältig man sich diese

Frau aussucht. Du begibst dich in ihre Hände. Die rote Farbe wird zum Zeichen für dein Glück sein und soll möglichst lange halten. Das Lächeln des Mondes und die Zeit der fliegenden Sonnen malt die Almohennaie der Braut in die Hand.

Zeichnet sie gut, hält die Zeichnung von einem Mond zum anderen, dann steht die Braut im Mittelpunkt und benutzt ihre Hände als Zeichen.

Schau, sagt sie, hebt die rechte Hand gespreizt nach oben und zeigt sie wie einen Ausweis vor.

Schonzeit vor der Familie für eine neue Familie.

In dieser Zeit kann viel passieren. Die Zeit davor, die Zeit dazwischen, die Zeit danach. Die Zeit davor bestimmt die Zeit danach. Nach der Zeit dazwischen wirst du immer auf der Suche sein.

Ein Blick aus dem Fenster. Sieh in den Garten. Der Sommer ist an einem Punkt, wo er umkippt, wo er üppiger nicht sein kann und das Grün jede Farbe auslacht. Nirgendwo gibt es Leerstellen. Es ist fleckenlos gewuchert. Es sind die Äste, die Zweige nicht sichtbar, die Wege zugegrünt, die Mauer nur noch als Form zu erkennen, die Steine umrankt. Die Vögel sind stumm. Sie haben ihre Nester verlassen, die längst vom Grün verschlungen sind. Der Sommer triumphiert. Er wird an seiner Kraft zugrunde gehen, sich niederlegen und die Zeit abwarten. Immer wieder dieser Kraftakt, Lea. Sie dreht den Schraubverschluss des Tahinglases auf.

Die Vorspeisen sind genauso wichtig wie das reichhaltige Hauptgericht. Die bunten Kleinigkeiten ziehen die Augen an, verführen, und die Erwartung des ersten Bissens, nach all dem, was du zuvor gesehen hast, ist groß.

Die Finger spitzen sich, greifen zu, brechen das Fladenbrot und schieben es mit den bunten Happen in den Mund. Mit geschlossenen Augen erprobst du deinen Appetit.

Durch das Sehen hast du schon alles vorher genossen, ehe du angeregt am Tisch entlang weitergehst zu den Täubchen, den Hühnchen, den gefüllten Fasanen und Puten, zu dem prallen Lamm mit der petersilienumrankten Zitrone im geöffneten Maul. Alles nach Größe sortiert und mehrfach wiederholt aufgebaut. Das Essen wogt in Wellen über den Tisch, wie die Esser darum. Essen und Esser, das ist plötzlich eins, fast könntest du denken, das Essen frisst die Esser auf.

Sie holt mit einem Löffel das zähe Tahin aus dem Glas und gibt es in eine Schüssel mit weichgekochten und enthäuteten Kichererbsen. Dazu gestoßenen Knoblauch mit Salz, Zitronensaft und ein wenig Wasser. Sie vermischt alles mit dem Rührgerät. Nimmt ein wenig davon mit dem Finger. Leckt ihn ab. Probiert. Immer wieder. Noch ein wenig Zitrone. Noch ein wenig Tahin? Etwas Wasser. Sie rührt und rührt. Der Handmixer ist unerträglich laut. Er knallt in die Stille des Raumes, zerschneidet die Sätze, und erst als die Masse zu einem dicken Brei zerkleinert ist, wird das Geräusch dunkler.

Sie schaltet das Gerät aus.

Das Hoummus ist fertig.

Probier doch mal. Das darf auf keinem Tisch fehlen.

Sie füllt es in eine flache ovale Schale, drückt mit dem Löffel eine Vertiefung in die Mitte, legt ein paar Kichererbsen hinein und kleine Kräusel von Petersilie ringsherum. Darüber in Wellen ein wenig Paprikastaub. Rot, grün, gelb. In die Vertiefung der Mitte und um den Rand des Breis gießt sie einen feinen Streifen Öl.

Hoummus gehört zu jeder Mahlzeit, zu jedem Festessen. Auch wenn du es täglich isst. Am Morgen, mittags zu allen Speisen, und auch am Abend gehört es auf den Tisch mit Brot und dem Olivenöl. Und immer und bei jedem schmeckt es anders, du wirst es nie leid, wirst immer wieder danach verlangen.

Es ist eine der Vorspeisen, die alles einleitet. Die Vorspeisen bereiten vor wie die Vorarbeiten der Almohennaie an der Braut. Sie erregen und locken durch Duft und Farbe. Ein Lächeln auf Tellern serviert. Nicht zu viel davon, alles soll heiter sein und leicht. So beginnt die Vorfreude auf das Hauptgericht. Auf das Lachen und den Spaß am Tisch. Erst bei der zuckrigen Torte, den brennenden Kerzen ist das Essen nur noch Lust. Der Nachtisch ist wie Übermut. Die Süße der Nacht.

Vorsichtig und mit viel Geduld zieht sie die hauchdünne Haut von gebackenen roten, grünen und gelben Paprikafrüchten ab, bis sie durchsichtig, fast farblos, daneben liegt. Die Frucht hat durch die Hitze nicht an Farbe verloren. Wie entkleidet liegen die roten, grünen und gelben Streifen nebeneinander und fangen zu glänzen an, wenn sie mit gewürztem Öl bestrichen, auf eine gläserne Platte gelegt und dann bestaunt werden, dass soviel Farbe wächst und essbar ist. Wie das Rot der gegrillten Tomaten, deren Fleisch, von der angeschwärzten Haut befreit, mit ein wenig Salz, Zucker, Zimt und Pfeffer vermischt, mit verzupfter frischer Minze und Oregano bestreut, in eine Schale fließt und so rot, grün mit dem Rot, Grün und Gelb der Paprikastreifen neben der gelben, rotgrün betupften Hoummusschüssel steht.

Ein Tumult für die Augen.

Sie wäscht die Auberginen. Das Messer knirscht in das Violett und zerschneidet das pelzige Weiß in Scheiben. Die grünen Zucchini spritzen bei jedem Schnitt und lassen ein wenig Saft, ehe sie mit den Auberginen in das heiße Öl fallen und, von beiden Seiten goldbraun gebraten, auf einen Teller gelegt werden, wo sie salzbestreut noch ein wenig schwitzen.

Es wird ständig Mokka getrunken. Die kleinen Tassen stehen immer bereit. Ich brauche eine Pause, Lea.

Sie füllt den hohen Stieltopf mit gemahlenem, stark duftendem Mokka. Das Aroma breitet sich aus, reizt zum tiefen Durchatmen, Sitzen, Sich-Zurücklehnen und Entspannen.

Zucker, ein paar Kardamomschoten, Wasser, und der Löffel klingelt im Topf, der Mokka dreht sich im Kreis, wallt auf, und die ersten Tropfen verzischen auf der Herdplatte. Dann hebt sie den Topf, zügelt den Schaum, lässt ihn noch dreimal aufwallen, ehe das Getränk fertig ist.

Dabei musst du liebe Worte in den Kaffee schicken. Wunschformeln, denn das Wichtigste beim Mokkatrinken sind nicht die zwei, drei Schlückchen, sondern das Herzklopfen danach, wenn aus dem Kaffeesatz am Rand deine Schicksalsbilder trocknen und jemand sie zu lesen weiß.

Sie gießt den Kaffee mit einem kleinen Schaumberg in die henkellosen Tassen.

Du reichst die Tasse mit dem dicksten Schaum dem, der dir am liebsten ist, senkst dabei die Augen leise und schaust beim ersten Schluck in diese liebsten Augen. Der aufgeschäumte Traum wird hörbar abgeschlürft, denn je mehr Schaum, desto dichter ist der Traum.

Zwei, drei Schlückchen und du drehst die Tasse auf den Kopf.

Sie stellt die Tassen auf den Küchentisch, setzt sich auf den Stuhl und streckt die Beine weit von sich. Zurückgelehnt sitzt sie da, schlürft erst den Schaum und trinkt den Mokka in kleinen Schlückchen aus, bis nur noch der dicke Satz übrig bleibt. Sie schaut ihn prüfend an und dreht die Tasse so in der Hand im Kreis, dass der Innenrand von Kaffeesatz geschwärzt wird.

So musst du es machen.

Sie stellt die Tasse auf den Kopf.

Du wartest nun voll Ungeduld. Du redest über kleine Dinge, Worte nebenher gesagt. Du hast nur noch den Kaffeesatz im Kopf. Du drehst die Tasse, um vielleicht für einen kurzen Blick zu sehen, ob der Rand getrocknet ist. Doch der schwarze Satz trocknet nicht so schnell. Du brauchst Geduld. Du setzt die Tasse wieder ab und wartest.

Es gibt immer eine Frau, die diese Bilder lesen kann. Sie wird dann gebeten. Sie wird sich zieren, macht es aber ganz bestimmt, und alle werden diesen Worten lauschen, dieser Stimme, die von den Bildern kommt und ihr Glauben schenken. Denn diese Bilder sind dir zugefallen. Alle hören zu. Alle wissen Bescheid. Alles ist ja ablesbar.

Der Almohennaie sind diese Bilder vertraut. Sie wird mit Mokka zugeschüttet werden, um immer wieder neue Zeichen für alle Zeiten zu entdecken. Sie wird dir sagen, was nur du weißt, Lea, und du wirst hören, was du ahnst, was du weißt und was du wissen willst.

Sie nimmt die Tasse vom Tisch.

So wird die Almohennaie deine Tasse nehmen, hineinschauen und schweigen. Danach schaut sie in deine Augen und beginnt zu lesen, wie aus einem Bilderbuch.

Sie zeigt es ihr, hält die Tasse in der Hand und schaut lächelnd hinein.

Ich sehe einen Weg, Lea, wird sie sagen und blickt dich vielsagend an. Der Weg ist lang und sehr verzweigt. Ein Berg versperrt den Weg, versperrt die Sicht. Eine gefährliche Leiter führt nach oben. Die Leiter ist für dich. Du musst hinauf. Dort oben steht auf einer Ebene ein gedeckter Tisch. Es sitzen viele Menschen darum. Alle essen aus einer Schüssel, sind sehr bewegt und mit sich beschäftigt. Du wirst deinen Hunger spüren. Jemand führt dich an den Tisch.

Die Almohennaie wird Pausen machen. Von den dunklen Bildern in der Tasse schaut sie immer wieder zu dir auf und tastet dein Gesicht mit Blicken ab.

Ein blühender Baum trägt reife Früchte. Ein Stier kommt aus der Menge und bringt dir sieben Äpfel von einem Baum, die du in einem Korb davonträgst.

Auf der Ebene des Berges befindet sich ein schwarzes Haus. Es hat keine Tür. Aber einen kleinen Turm mit einem einzigen Fenster. Darin steht eine Frau und kämmt ihr Haar. Sie blickt mit dunklen Augen, winkt über den Berg hinaus und ruft den Stier zu sich. Er verschwindet wie ein Schatten im Haus.

Wenn die Almohennaie schweigt, dreht sie die Tasse in

ihrer Hand, um weitere Bilder zu suchen. Sie zeigt mit dem Finger in die Tasse und sagt dir, was sie sieht.

Dem schwarzen Haus gegenüber befindet sich ein helles. Alle Fenster und Türen sind geöffnet. Du schaust es an und weißt, du bist willkommen. Am Himmel über dir segelt eine Wolke heran. Ein Vogel fliegt mit einer Botschaft heraus und bringt dir eine Nachricht, auf die du lange gewartet hast. Ein Schiff fährt mit dir über tiefes Wasser. Ein Land liegt noch verborgen im Nebel. Eine Frau weint, sie geht über einen Acker davon.

Ein Hahn lacht und krallt sich in ein großes Herz. Du reitest auf einem schnellen Ross. Ein Abgrund. Eine Brücke. Der lachende Hahn. Das fliegende Herz. Ein Sturm, mitten in ein aufgeklapptes Buch hinein, das seine Buchstaben entlässt und von Neuem zu schreiben beginnt.

Sie stellt die Tasse auf den Tisch.

So oder so ähnlich liest die Almohennaie aus deiner Tasse. Sie beobachtet dich, dein Gesicht, deine Gesten genau und lässt sich viel Zeit. Du hängst an ihren Lippen, setzt die Bilder zusammen, die nur du verstehst, und die Frau redet weiter, und du weißt, dass sie alles weiß.

Während sie wieder aufsteht, hebt sie die Arme, klatscht in die Hände und schiebt den Stuhl zurück.

Du vergisst das Denken und bist einfach nur dabei. Hörst die wahren Märchengeschichten und weißt, dass es immer nur so war …

www.kiener-verlag.de